LÉON DIERX,

POÉSIES

(1864 - 1872)

Édition refondue, corrigée et augmentée

PARIS

ALPHONSE LEMERRE, ÉDITEUR

27-29, PASSAGE CHOISEUL, 27-29

M DCCC LXXII

POÉSIES

LÉON DIERX

POÉSIES

(1864-1872)

Édition refondue, corrigée et augmentée

PARIS

ALPHONSE LEMERRE, ÉDITEUR

27-29, PASSAGE CHOISEUL, 27-29

—

1872

PROLOGUE.

J'ai détourné mes yeux de l'homme et de la vie,
Et mon âme a glissé sous l'herbe des tombeaux.
J'ai détourné mon cœur de toute humaine envie,
Et je l'ai dans les bois dispersé par lambeaux.

J'ai voulu vivre sourd aux voix des multitudes,
Comme vous, morts couverts de silence et de nuit,
Et pareil aux sentiers qui vont aux solitudes,
Avoir des songes frais que nul désir ne suit.

Mais le sépulcre en moi laissa filtrer ses rêves,
Et vivant, j'ai vécu du souci des vieux morts.
O forêts! votre angoisse a traversé les grèves,
Et j'ai senti passer vos souffles dans mon corps.

I

Le soupir qui s'amasse au bord des lèvres closes
A partout obsédé le calme où j'aspirais ;
Comme un manoir hanté de visions moroses,
J'ai recelé l'effroi des rendez-vous secrets.

Depuis lors, au milieu des douleurs ou des fêtes,
Morts qui voulez parler, taciturnes vivants,
Bois solennels ! j'entends vos âmes inquiètes
Sans cesse autour de moi frissonner dans les vents.

LA VISION D'ÈVE.

À LECONTE DE LISLE.

I.

C'était trois ans après l'expulsion d'Eden.
Adam sous les grands bois chassait, fier et superbe,
Luttant contre le tigre, et poursuivant le daim.
Tranquille, il aspirait l'âcre senteur de l'herbe.

Ève, sereine aussi, corps vêtu de clartés,
Assise aux bords ombreux d'une vierge fontaine,
Regardait deux enfants sourire à ses côtés,
Attentive aux échos de la chasse lointaine.

Adam, sous la forêt, parlait d'Ève aux oiseaux,
Et leur disait : « Chantez ! Ève est belle, et je l'aime ! »
Ève disait : « Coulez, sources aux belles eaux !
Mon âme vit en lui, mais en eux ma chair même ! »

II.

Ève pensait : « Seigneur ! vous nous avez chassés
Du paradis ; l'archange a fait luire son glaive.
Meurtris par la douleur, et par la faim pressés,
Il nous faut travailler dès que l'aube se lève.

« Nous n'avons plus, errants dans ces mornes ravins,
Maître ! comme autrefois, la candeur ni l'extase ;
Et nous n'entendons plus dans les buissons divins
L'hymne des anges blancs que votre gloire embrase.

« Mais qu'importent l'embûche et la nuit sur nos pas
Si toujours dans la nuit un flambeau nous éclaire ?
Ah ! si l'amour nous reste et nous guide ici-bas,
Soyez béni ! Pour nous douce est votre colère !

« Adam a le courage, et moi, j'ai la beauté.
Un sourire à jamais nous lie et nous console ;
Ivres, lui de ma grâce, et moi de sa fierté,
Pour nous chaque fardeau se change en auréole.

« Et maintenant, voici grandir auprès de nous
Deux enfants, notre espoir, notre orgueil, notre joie ;
Quand je les tiens tous deux assis sur mes genoux,
Le ciel entier descend dans mon cœur et s'y noie !

« Vivant encore en nous qui renaissons en eux,
Encor pleins de mystère, ils sont la foi nouvelle.
Nés de nous, sous leurs mains ils resserrent nos nœuds ;
Un autre amour en nous, aussi grand, se révèle.

« Leurs yeux, astres plus purs que ceux du firmament,
Ont un étrange attrait ; et notre âme attirée,
Qui s'étonne et s'abîme en leur regard charmant,
Y cherche le secret d'une enfance ignorée.

« L'amour, qui les créa, sommeille en eux. Le Ciel
Peut gronder ; comme nous, dans le vent, sous l'orage,
Ils se tendront la main, et l'éclair d'Azrael
Ne pourra faire alors chanceler leur courage.

« Gloire et louange à toi, Seigneur ! A toi merci !
Le châtiment est doux, si malgré l'anathème
Le baiser de l'Éden se perpétue ici.
Frappe ! regarde naître une race qui t'aime ! »

III.

Ainsi, le front baigné des parfums du matin,
Son beau sein rayonnant de chaleurs maternelles,
Ève, les yeux fixés sur Abel et Caïn,
Sentait l'infini bleu moins grand que ses prunelles.

IV.

Or les enfants jouaient. Soudain, le premier-né,
Debout, l'œil sombre et plein de fiel, la lèvre amère,
Frappa l'autre éperdu sous son poing forcené.
Tout en pleurs, et tendant les deux mains vers sa mère.

Ève accourut tremblante et pâle de stupeur,
Et fermant autour d'eux ses bras, les prit sur elle ;
Et comme en un berceau les couchant sur son cœur,
Les couvrit de baisers pour calmer leur querelle.

Bientôt tout s'apaisa, pleurs, colère, baisers ;
Ils dormaient tous les deux enlacés, et la femme,
Immobile, les doigts sous un genou croisés,
Sentit les jours futurs monter noirs dans son âme !

V.

Orgueil du vert Éden ! Ève aux longs cheveux d'or !
Toi, le péché d'Adam, son martyre et sa gloire !
Toi, l'éternel soupir que nous poussons encor !
Ineffable calice où la douleur vient boire !

O Femme! qui sachant porter le ciel en toi,
A celui qui perdait le ciel, et pour échange,
Offrit tout, ton amour, et ta grâce, et ta foi,
Plus belle sous l'épée en flamme de l'archange!

O mère aux flancs féconds! De quelle vision,
Taciturne endormeuse, étais-tu possédée?
Quels livides éclairs sillonnaient l'horizon?
A quoi songeais-tu donc, de larmes inondée?

Ah! dans le poing crispé de Caïn endormi,
Lisais-tu la réponse à ton rêve sublime?
Devinais-tu déjà le farouche ennemi
Sur Abel faible et doux s'essayant à son crime?

Déchirant l'avenir, Azraël, menaçant,
Te montrait-il ce fils, enfin mûr pour la haine,
Sinistre, s'enfuyant le front taché de sang,
Un soir, loin d'un cadavre étendu dans la plaine?

Le voyais-tu mourir longuement dans Énoch,
Rempart un jour poussé sous le puissant blasphème
D'enfants maudits gravant leurs défis sur le roc,
Et dont la race immense est maudite elle-même?

Ah! voyais-tu l'envie armant les désaccords,
Et se glissant partout comme un chacal qui rôde?
Le fer s'ouvrant sans cesse un chemin dans les corps,
Et le sol rougissant sous une pourpre chaude?

Et les peuples Caïns sur les peuples Abels
Se ruant sans pitié, les déchirant sans trêves ;
Les sanglots s'exhalant de toutes les Babels,
Les soupirs étouffés par la clameur des grèves?

Dans l'implacable nuit où l'homme en vils troupeaux
S'amoncelle, effrayé de son propre héritage,
Entendais-tu monter dans les airs, sans repos,
Le hurlement jaloux des peuples, d'âge en âge?

Compris-tu que le mal était né désormais,
Qu'il serait immortel? Qu'une sanglante haine
Séparerait tes fils sur la terre, à jamais,
Par elle préparés aux cris de la Géhenne?

Compris-tu que ta race était vouée aux pleurs?
Que l'amour avec toi mourrait, Aïeule blonde?
Que le fleuve infini de toutes nos douleurs
Né de ton doux sourire abreuverait le monde?

VI.

Dieu l'a su ! — Jusqu'au soir ainsi tu demeuras
Contemplant ces fronts purs où le soleil se joue ;
Et pendant qu'ils dormaient, oublieux, en tes bras,
Deux longs ruisseaux brûlants descendaient sur ta joue.

LE PORTRAIT.

Que tes yeux sont beaux! J'ai fait sur tes yeux
Mes plus beaux tercets, ô ma bien-aimée!
Ta bouche est petite, aux baisers fermée;
J'ai fait sur ta bouche, en priant les Dieux,
Mon plus doux cantique, ô ma bien-aimée!
De ton sein émane un parfum vainqueur;
J'ai fait sur ton sein, l'âme encor pâmée,
Mon plus fier poëme, ô ma bien-aimée!
Si tu possédais un cœur, sur ton cœur
Je cisèlerais, ainsi qu'un camée,
Mon plus fin sonnet, ô ma bien-aimée!

Imité de H. Heine.

CRÉPUSCULE.

A MON AMI G. DE LA CHAPELLE.

Le soir montait. C'était l'heure où, croisant les bras,
Le laboureur se dit : « Ma journée est finie ! »
La plaine s'emplissait de brume et d'harmonie;
Les chansons se mêlaient aux blasphèmes ingrats.

L'hirondelle du soir effleurait l'herbe grise;
La cigale chantait dans les blés mûrissants,
Tout le long du chemin, aux nocturnes passants
Les peupliers rangés chuchotaient dans la brise.

Assis dans le sentier, je regardais le ciel
S'étoiler par degré. Les vapeurs de la plaine,
Et tous les bruits confus dont la terre était pleine,
Montaient comme un encens sur un immense autel.

Je disais : « La nuit vient vers nous. Tout va se taire ;
C'est l'heure de l'amour, et Vénus a brillé. »
Et je laissais s'ouvrir mon cœur émerveillé,
Tandis qu'au loin chantait le pâtre solitaire.

Tout à coup, près de moi défila lentement
Un long troupeau de bœufs descendant des collines.
Leurs fanons tout souillés flottaient sur leurs poitrines ;
Leurs têtes vers le sol s'abaissaient par moment.

Ils allaient. A pas lourds, comme fait un homme ivre,
Ils foulaient du sentier l'herbe pleine de bruit ;
Et faisaient en marchant, tout le long de la nuit,
Tinter sous leurs cous blancs leurs clochettes de cuivre.

Comme on écoute en rêve un chant de harpes d'or,
J'écoutais, seul, perdu dans la plaine qui fume.
Depuis longtemps déjà, s'enfonçant dans la brume,
Ils avaient disparu, que j'écoutais encor.

A votre aspect, ô bœufs ! si puissants et si mornes,
Qui, sans vouloir, sonniez votre chant de douleur,
Une amère tristesse avait serré mon cœur,
Bœufs résignés, songeurs oublieux de vos cornes !

Et ces sons me troublaient. Et, comme un criminel,
Il me sembla, prêtant l'oreille aux harmonies
Du soir, entendre au loin les plaintes infinies
Que tous les opprimés poussaient vers l'Éternel.

Bientôt, tous les troupeaux regagnant les vallées,
La plaine se remplit de lointains tintements.
Ces tintements semblaient sonner les châtiments
Aux douleurs d'ici-bas à la fois révélées.

Le cri qui t'échappa dans ton râle suprême,
Jésus, le monde encor le pousse vers le ciel!
Ah! rêveur, tu doutas sous l'éponge de fiel!
Sans cela, ton sanglot n'eût été qu'un blasphème!

Les morts savent si Dieu tient ce qu'il promettait!
Mais partout où je vois l'homme en proie à la femme;
Un poëte attelé dans un manége infâme;
Sous l'aiguillon vulgaire un malheur qui se tait;

La force sous le joug de l'inepte faiblesse;
L'éclair superbe éteint dont l'ombre épaisse a ri;
Un vaincu dont jamais on ne surprend un cri;
L'idéal aux abois que la faim mène en laisse;

Partout où je les vois dans leurs rêves déçus,
Tous les forçats du beau, que la laideur écrase,
Je crois entendre encor, dans une morne extase,
Vos clochettes, ô bœufs! dans la brume aperçus!

MORITURI

Le cœur du poëte est l'arène
Où, comme des gladiateurs,
Contre le temps qui les entraîne
Combattent les rêves menteurs.

Devant César, au cirque antique,
Chaque guerrier, chaque martyr,
D'un court blasphème, ou d'un cantique,
Le saluait, près de mourir.

Pour que la foule pleure ou rie,
Quand le poëte prend son luth,
C'est qu'un rêve, en passant, lui crie :
« Je vais mourir, César, salut! »

APRÈS LE BAIN.

Des perles encor mouillent son bras blanc.
Couchée en un lit de joncs verts et d'herbes,
Le sein ombragé d'un rameau tremblant,
Au bruissement des chênes superbes,
Aux molles rumeurs des halliers épais,
Non loin de la source elle rêve en paix.
Tandis qu'au rebord des souples lianes,
Sur son reflet nu se figent pâmés
Les flots du bassin, lèvres diaphanes,
Sous les noirs treillis au ciel bleu fermés,
Les yeux demi-clos, chargés de paresse,
Elle a renversé la tête, et caresse
D'un baiser brûlant et vague à la fois
Le souffle lointain qui monte et qui passe,
Immense soupir amoureux des bois.
Et tout souvenir en son cœur s'efface;

Et sous le réseau des parfums flottants,
Dans l'oubli des Dieux, du monde et du temps,
Morte au vain souci du désir frivole,
En libres essaims de songes épars,
Son âme à travers les taillis s'envole.
Autour des buissons, sur les nénuphars,
Ne bourdonne plus l'abeille assouvie,
Et partout s'éloigne ou s'endort la vie.
Les chants se sont tus des oiseaux siffleurs;
Et vers ce beau corps teint de flammes roses,
De tous les côtés se penchent les fleurs,
Semblables aux yeux agrandis des choses.

SALVATOR ROSA.

Qu'avais-tu dans ton cœur, maître à la brosse ardente,
Pour que sous ton pinceau la nature en fureur
Semble jeter au ciel une plainte stridente,
Et gémir aux abois dans sa sinistre horreur ?

Pourquoi dédaignais-tu les riants paysages,
Les lointains vaporeux et les doux horizons,
Les ruisseaux transparents, et sur de frais visages
L'ombre du vert printemps qui fleurit les gazons ?

Il te fallait à toi le ciel couvant l'orage ;
Quelque ravin bien noir où mugisse un torrent
Vomissant à grand bruit son écume et sa rage,
Quelque fauve bandit sur les rochers errant

L'ouragan qui s'abat sur tes arbres d'automne
Rugissait, n'est-ce pas? dans ton âme de fer.
Tu ne te plaisais pas au bonheur monotone,
Mais aux transports fougueux échappés de l'enfer !

Ce sont tes passions qui hurlent sur tes toiles ;
Toi-même, tu t'es peint dans ces rocs désolés,
Dans ces chênes tordant sous la nuit sans étoiles
Sur l'abîme béant leurs bras échevelés !

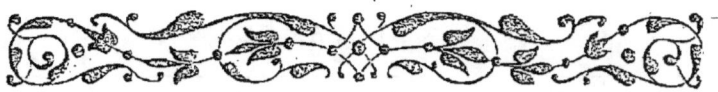

LE CAMÉE.

Un cœur d'homme à vingt ans est une cire molle.
Une enfant tout à coup, avec son doigt léger,
Y trace son image insouciante et folle ;
Puis se sauve en riant, et sans plus y songer.

Mais la cire devient plus dure que la lave ;
Et sur ses bords brûlants ou glacés tour à tour,
Le profil adoré jusqu'à la mort se grave.
Nul acide n'en peut ronger le pur contour.

Pas de pierre qui l'use, ou de feu qui le fonde !
Sur lui l'absence est vaine, et le temps en vain mord.
Ni les pleurs corrosifs, ni la rouille profonde,
Rien n'y fait. Le camée est là, jusqu'à la mort !

Et partout, et toujours, comme un remords vivace,
De l'immortelle empreinte une goutte de sang
Filtre vers la poitrine, et grandit quoi qu'on fasse,
Car on l'essuie en vain sans cesse, en pâlissant.

Puisque l'affreux réveil d'un beau songe nous tue,
Vous tous, rêveurs charmés qui gémirez demain,
S'il vous faut un amour, aimez une statue
Sans demander aux Dieux de remuer sa main !

S'il faut pour être heureux caresser quelque rêve,
De celui-là du moins l'on ne s'éveille pas
Le cœur d'un regard clair percé comme d'un glaive ;
Et peut-être on l'embrasse au delà du trépas !

SUR LE CHRIST DE VAN-DICK.

A THÉOPHILE GAUTIER.

O vieux maîtres pensifs du vieux Campo Santo!
Vous qui croyiez à l'art, mais bien plus à Marie;
Toi, sévère Orcagna, toi, mystique Giotto!

Le long des quatre murs, chrétienne galerie,
Vos fresques sont debout et nous parlent toujours;
L'art est toujours serein; la foi seule est tarie.

Vous méprisiez le monde, et vous viviez très-sourds,
Les pieds sur un sépulcre, à peindre un cimetière.
Vous aviez pour la mort de fidèles amours.

Vous caressiez ce rêve; et votre vie entière
A l'immortaliser se consuma. Jésus
Était pour vous un Dieu tout baigné de lumière.

Quand vous peigniez un Christ, ô maîtres! au-dessus
De la tête divine errait une auréole
D'archanges radieux dans le ciel aperçus.

Au calvaire où pour nous sur la croix il s'immole
Vous jetiez à genoux les apôtres, leurs yeux
Tournés avec ferveur vers le nouveau symbole ;

Les madones en pleurs et regardant les cieux ;
Et sur leurs fronts pâlis rayonne l'espérance ;
Et le ciel, dans un coin, là-haut s'ouvre joyeux !

Pour l'artiste, aujourd'hui, Jésus-Christ est bien mort ;
Et si Van-Dick le peint sur son gibet, sa tête
Est dans l'ombre, et paraît ployer sous le remord.

Devant votre œuvre on sent que la sainte souffrance
Disparaîtra bientôt ; que Jésus est plus fort,
Et que lui, comme vous, croit à sa délivrance.

On ne croit plus, hélas ! au réveil du prophète.
Lui-même il désespère et râle sans adieu ;
Il sombre tout entier dans une nuit muette.

Tout est dit. Dans le ciel pas un seul rayon bleu,
Plus de Vierge, devant le nimbe d'or qui plane
Pleurant encor son fils en adorant un Dieu !

Les apôtres ont fui. La sainte courtisane
N'use plus de baisers la chair froide. Plus rien !
Plus rien qu'un noir serpent qui rampe autour d'un crâne !

O blasphème ! Jésus meurt tout seul, comme un chien !

LA COURTISANE.

Certes, le mal sur nous a d'étranges puissances.
Comme à l'abîme plein d'épouvante et d'échos,
Le chimérique appât des âcres jouissances
Nous attire vers lui, tous les jours, sans repos.

Mais il est entre tous un puits fait de vertige
Où l'âme, en s'y penchant, vacille de stupeur.
C'est l'œil clair et sans fond, sous qui le sang se fige,
L'œil de la courtisane, où nage une vapeur ;

L'œil vitreux, aux regards d'agate et de phosphore,
Qui fouille tous les cœurs comme de vieux foyers,
Qui le soir, comme un phare énigmatique, arbore
L'appel mystérieux des continents noyés.

— Quand tu tournes vers nous la clarté chatoyante
De ta large prunelle aux reflets verts ou bleus,
Dans ton regard errant une énigme effrayante
Est cachée, ô Sirène, aux contours onduleux !

Surmontant le dégoût des baisers pleins de baves,
Circé qui te repais des hontes du vieillard,
Et changes dans tes nuits les gloires en épaves,
Quelle angoisse, réponds, nous dérobe ton fard ?

Dans ta sérénité, rempart inattaquable,
L'ennui plane-t-il seul sur ton front nonchalant ?
Toujours inassouvie et toujours implacable,
Est-ce la soif de l'or qui te ronge le flanc ?

Peut-être, un de ces soirs aux senteurs souveraines
Où, comme un flot d'encens, les paradis perdus,
Refluant du passé dans leurs candeurs sereines,
Nous font sentir l'horreur des gouffres descendus ;

Peut-être as-tu maudit l'amour qui t'a trompée ;
Et que croyant noyer la rancune et le fiel,
Tu te venges sur tous, dans ta froideur drapée,
Des pleurs désespérés que méprisa le ciel.

Vide ou non, ce regard, à la terrible geôle
De tes bras, conduit ceux qu'a choisis ton orgueil ;
Et dès que tu souris, l'enfer qui les enjôle
Dore les profondeurs sinistres de ton œil !

L'INDESTRUCTIBLE.

A MON AMI ÉMILE BELLIER.

Depuis l'éternité que sans but se démène
La vieille Terre autour de cet astre vermeil;
Depuis que sur son dos notre poussière humaine
Tour à tour se repaît de bruit et de sommeil;

Quoi! la Terre, ô mon cœur! ne s'est jamais lassée!
Jamais rien n'a changé son cours mystérieux!
Par le même chemin, dans la même pensée,
Elle a toujours au ciel revu les mêmes cieux!

Quoi donc! Après avoir dans son orbite immense
Tant de fois repassé par les douze degrés,
Et suivi tant de fois, vieux derviche en démence,
Son axe accomplissant ses tours désespérés;

Elle ne dira pas, s'arrêtant dans l'espace,
Au soleil étonné : « Maintenant, c'est assez !
J'ai depuis trop longtemps vu ta splendide face ;
Je veux enfin jouir de tant d'efforts passés ! »

Avons-nous assez vu ton fard, ô vieille aurore !
Aujourd'hui c'est demain, comme hier, soucieux ;
Même angoisse au réveil, et même cercle encore ;
Jamais d'autres soleils n'éblouiront nos yeux !

Lorsque monte la nuit, au travers de son voile
Au même coin du ciel, ainsi qu'au premier soir,
Nous reverrons toujours luire la même étoile,
Et la lune émerger du même horizon noir !

Et nous verrons toujours passer l'heure après l'heure,
Sans aucun changement, comme passent les flots.
Le temps coule ; et toujours le même homme qui pleure,
Dans le même univers qui rit de ses sanglots !

Jamais nous ne verrons briller de couleurs neuves
Ni l'eau glauque des mers, ni l'éther bleu du ciel,
Ni ces champs, ni ces monts, ni ces bois, ni ces fleuves ;
Tout, jusqu'à notre cœur, suit un rhythme éternel !

Pour réchauffer ton sang qui se fige en ta veine,
O Nature ! aucun vent, aucun souffle divin
Ne te rajeunira de sa brûlante haleine !
L'humanité caduque a soif d'un nouveau vin !

Homme! quand donc ton cœur tout bouillant de jeunesse,
Enfin trouvera-t-il un nouvel horizon?
Des siècles amassés qu'attends-tu qu'il renaisse?
Brise plutôt d'un coup ta fragile prison!

Hélas! tu peux jeter ce corps vil, et sans chaîne,
Libre alors, t'élancer dans l'inconnu béant.
Mais ton âme à jamais est sa propre géhenne,
Homme! ô toi, l'éternel exilé du néant!

Oui, ces liens charnels et maudits, qui t'étreignent,
Dans l'oubli rentreront, et tu t'envoleras;
Mais ton cœur, tes remords, tes passions qui saignent,
Tes amours... Mais toi-même enfin, tu revivras!

LE BALCON

Je sais évoquer le passé lointain ;
Qu'importe le temps, l'absence, ou l'espace?
Un regard, un geste, un soir, un matin,
Je sais évoquer le passé lointain.
Dans le souvenir, ce miroir sans tain,
Je revois souvent un rayon qui passe.
Je sais évoquer le passé lointain ;
Qu'importe le temps, l'absence, ou l'espace?

C'était au balcon, et la nuit passait ;
Nos âmes flottaient dans sa rêverie.
Dans vos noirs cheveux le vent frémissait.
C'était au printemps, et l'amour passait.

Vous rêviez à lui, peut-être, qui sait?
Vos doigts effeuillaient une fleur flétrie ;
C'était au balcon, et la nuit passait ;
Que d'amours naissants morts en rêverie !

LE CHOC.

Françoise dit à Dante en penchant son front blême :
« Un cœur noble à l'amour résisterait en vain,
Car l'amour nous contraint d'aimer quand on nous aime »
Ah ! ce mot n'est pas vrai ! Ce mot est trop divin !

Plus d'un cœur noble est dur quand l'amour vrai l'appelle
Qui s'attendrit soudain pour quelque faux serment.
Sur plus d'un front aimé le mot jamais s'épelle ;
Que de lèvres ont ri des larmes d'un amant !

Pourquoi ? Qui le saura ? Que le blessé guérisse !
Le poëte a l'amour, la femme a la beauté.
La femme veut du sang dont son fard s'enchérisse ;
L'autre enfonce à jamais le trait dans son côté.

Elle triomphe et rit; il se souvient et pleure;
Contemplateur d'abîme au vertige fatal,
A qui s'en prendrait-il de l'espoir qui le leurre?
Qu'il souffre! C'est sa faute! Il inventa son mal!

Oh! le choc éternel! Deux éclairs, une cible;
Deux yeux, un cœur qui bat sans revanche à son tour;
Un rayon qui transperce, une plaie invisible;
La femme a la beauté, le poëte a l'amour!

LA HALTE.

I.

DON JUAN.

Heureux Pétrarque! ainsi qu'un mage
Il avait son guide étoilé.
Ses yeux ne voyaient qu'une image
Dans ce ciel pour moi si peuplé.

Il ignorait cette torture
D'un cœur trop tôt désenchanté,
Qui ne verse que l'imposture
Sur les lèvres de la beauté.

Je trompe, et me trompe moi-même,
Plus agité que l'océan,
Et pâmé sur un sein qui m'aime,
N'embrasse, hélas! que le néant!

Angoisse d'un bonheur immense
Que j'entrevois sans le saisir ;
Supplice amer qui recommence
Quand s'éteint mon premier désir !

Vide d'une âme inassouvie ;
Poids écrasant de l'infini ;
Soif de boire aux sources de vie ;
Espoir déçu, miroir terni ;

Tourments sans fin de foi trompée !
Heureux ! — Il n'a jamais connu
L'enfer de ma longue épopée,
Ni le convive un soir venu !

— Oh ! dans ta chère thébaïde,
A Vaucluse, sous l'oranger,
Ton luth et ton rêve timide,
Ton amour qui ne peut changer !

Oh ! ta Laure au beau col d'ivoire,
Entrevue au loin, dans le ciel,
Te regardant chanter sa gloire,
Avec son sourire éternel !

Oh ! de sa robe immaculée
Les chastes plis et la blancheur !
O forme divine et voilée !
O rêve ! ô madone ! ô bonheur !

Tu fis de tes pleurs en rosées
Tes doux sonnets, chers aux amants ;
Et tes larmes cristallisées
Brillent encor, purs diamants !

II.

PÉTRARQUE.

Heureux Don Juan ! vers lui chacune
S'en venait, pâle tour à tour,
Pencher sa tête blonde ou brune
Sur le lac bleu de son amour !

Il n'a pas connu la souffrance
D'aimer un vain rêve envolé,
Sans avoir jamais l'espérance
D'embrasser ce fantôme ailé !

Consumé d'amour, sous ma plume
Rongé d'un désir impuissant,
Mon cœur comme un bûcher s'allume
Avec la lave de mon sang.

Que ne puis-je, image importune,
Te chassant de devant mes yeux,
Comme lui tenter la fortune
Des amours réels sous les cieux !

Aux plaisirs nouveaux il s'empresse,
Goûtant toutes les voluptés;
Libre de souvenir, l'ivresse
Le berce au bras des nudités.

Tourments d'une même pensée
Qui revient toujours, et m'étreint,
Laissez-moi! mon âme est lassée
Du regard en mon cœur empreint!

— Oh! sur son échelle de soie,
Au balcon la nuit suspendu,
Dans mes bras un beau flanc qui ploie,
Un aveu dans l'ombre entendu!

Oh! les joyeuses sérénades;
Et dans les parcs mystérieux,
Les amoureuses promenades,
Les longs regards silencieux!

Oh! de ses mille noms de femmes
Le brûlant chapelet d'amour,
Où, charmeur, il compte les âmes
A jamais prises en un jour.

Voilà le bonheur! Quel beau rêve
Que sa vie, où chaque matin
Sur un ardent baiser se lève,
Sur un corps au tremblant satin!

LE BLASPHÈME.

O divins imposteurs ! ô poëtes sublimes !
Que n'avez-vous gardé ces mensonges charmants
Qui font battre nos cœurs sur le bord des abîmes
Et remplissent nos cœurs d'incurables tourments ?
Non ! vous n'auriez pas dû, prophètes d'un autre âge,
Du haut de votre ciel nous tendre les deux mains,
Et nous montrant l'aurore au merveilleux mirage,
Pour vous suivre appeler la tourbe des humains.
En vous lisant, hélas ! oh ! combien de victimes
Pour avoir vu le beau perdirent le bonheur !
Sous les pleurs corrosifs des vœux illégitimes,
Combien, tout dévorés par l'idéal rongeur,
Pour s'aveugler les yeux aux clartés éternelles,
Vers vos eldorados impuissants sont partis !

Dans ce vol radieux loin des sphères charnelles,
Pour être vos aiglons ils étaient trop petits.
Le premier vent, ainsi qu'une main qui soufflette,
Emporta pour toujours leurs ailes d'un moment ;
Et dans la nuit lugubre où rien ne se reflète,
Ils tombèrent, crispés par un ricanement.
La fange les reprit. Et tout blêmes de honte,
Orgueilleux Phaétons, Icares insensés,
Trouvant pour cette chute une vengeance prompte,
Ces voleurs maladroits, loin du ciel dispersés,
Tordent leurs bras chargés de lianes affreuses,
Pour insulter d'en bas chaque front inspiré ;
Et quand ils sont repus de leurs voluptés creuses,
Ils jettent au néant ce cri désespéré :
« L'amour ! où le trouver sur cette vieille terre ?
Où peut-on le saisir, vous qui parlez de lui ?
Son flambeau s'est éteint sous un vent délétère ;
Ou plutôt, n'est-ce pas qu'il n'a jamais relui ?
Werther, tu n'es qu'un nom ! Toi blanche Béatrice,
Alighieri jamais n'a vu ton front divin !
Et c'est en accordant sa lyre créatrice
Que Pétrarque a trouvé le nom de Laure ! En vain
Nous cherchons Marguerite, ou Mignon qui soupire
Après le beau pays où le citron mûrit ;
Juliette n'était sans doute pour Shakspeare
Qu'un caprice railleur où se plut son esprit !
Quand Raphaël, rêveur, esquissa sur sa toile
Les vierges au front pur que sa main devina,
Pour en fixer les traits, ce n'était pas ton voile
Qu'il souleva toujours, belle Fornarina ! »

Chaque siècle à son tour vous jette ce blasphème :
« Vous nous avez menti, pères de nos douleurs !
Pour tous nos maux soufferts, sur vous tous anathème !
Maudits les rêves, source et poison de nos pleurs ! »

LE ROC D'AIMANT.

I.

Rappelle-toi, mon cœur, le conte oriental
De ce marin hardi que pousse un sort fatal.
Le merveilleux y luit, comme au feu le cristal.

Il s'éveille un matin, honteux de sa paresse.
La mer est calme : un vent amoureux la caresse ;
Son œil bleu le fascine ; il croit l'enchanteresse.

« Pour ses seuls vrais amants la mer garde un trésor, »
Dit-il. Sur un navire il prend un long essor.
Et pendant bien des jours, la mer, la mer encor !

La sirène aux yeux clairs qui le jour étincelle,
Qui palpite le soir, lorsque son sein ruisselle
Des diamants tombés de l'ombre universelle.

Il s'aperçoit enfin qu'il est temps d'atterrir.
L'horizon est désert. On commence à souffrir,
Et de soif et de faim l'on a peur de périr.

Il veut virer de bord. Il est trop tard. La proue
Résiste au timonier, et de ses bras se joue.
Tout l'équipage, en vain s'épuise sur la roue.

Le navire ne sent plus la barre, et, tourné
Vers un point toujours fixe, il y court acharné.
Dans quel courant terrible est-il donc entraîné?

Toujours, toujours plus vite! et vers quel noir mystère?
Malgré le vent, sans voile, à l'horizon sans terre,
Où vole-t-elle ainsi, cette nef solitaire?

Quel récif est au bout, quel tourbillon? quel gouffre?
Le navire gémit comme quelqu'un qui souffre.
Il est nuit. Qu'est-ce donc que cette odeur de soufre?

Horreur! Là, devant lui, se dresse, haut et noir,
Un mur immense, nu, poli comme un miroir,
Implacable, attirant comme le désespoir.

La coque se soulève et frémit. Sa ferrure,
Sinistre craquement, bruyante déchirure,
S'anime tout entière en sa vaste membrure,

Et, pluie horizontale arrachée à son flanc,
S'élance vers ce roc qu'elle crible en sifflant.
Une minute encor, puis un suprême élan!

Puis, sur ce mur aussi, se ruant avec rage,
Tout se brise en fracas, mâts, carène, équipage,
Éclaboussant d'agrès l'écume du rivage.

Longtemps après, sans fer, sans chevilles, sans clous,
Flotte une épave en proie aux albatros jaloux,
Car des lambeaux de chair sont restés dans les trous.

II.

Hélas ! ce roc d'aimant est-il donc un mensonge ?
Lorsqu'en deux yeux charmants notre regard se plonge,
La mer rit à travers les mirages du songe.

O croyants de l'amour ! jouets du rire amer !
Qui n'avez plus au cœur l'armature de fer,
Et les becs durs au flanc, épaves sur la mer !

Avez-vous rencontré la Circé qui fascine,
Œil limpide, front pur, parfum, grâce divine,
Cœur de pierre aimanté sous sa blanche poitrine !

SOIR D'ÉTÉ.

La fenêtre sur la nuit s'ouvre,
Au fond du sombre corridor ;
Une brume d'argent recouvre
Le parc touffu, plus vaste encor.

Le vieux marronnier sous la brise
Incline son panache blanc
Sur l'eau du bassin qui s'irise
D'un rayon de lune tremblant.

Dans mon âme je sens renaître
Les anciens rêves à la fois.
Le passé frissonne en mon être,
O jeunesse ! ô parfums des bois !

Oh! qui fera dans ce silence
Éclater les bruyants accords
D'un concert caché d'où s'élance
La voix stridente des grands cors!

Là-bas, quel archets fantastiques,
A Titania, pour son bal,
Sous les fleurs, odorants portiques,
Chanteront un vieux carnaval!

Ce soir, quel orchestre invisible,
A minuit, sur les nénufars,
Jouera la valse irrésistible
Pour les willis aux fronts blafards!

De ce chêne brisant l'écorce,
Quel ægipan, fou gardien,
Fera luire en dansant son torse
Au clair de lune arcadien!

Mais Pan est mort, le Dieu d'Hellade
Couronné d'herbe et de roseaux!
Et ce n'est que dans la ballade
Que les willis sortent des eaux!

Nu sylphe dans l'air ne respire;
Et les lutins, tournant en rond,
Seulement dans le vieux Shakspeare
Dansent aux noces d'Obéron.

Et le démon à mon oreille
Siffle avec un rire moqueur
L'air qui, par une nuit pareille,
Pour toujours a fondu mon cœur.

Et toute la nuit, dans l'allée,
J'ai vu, comme des spectres blancs,
Les vieux espoirs en troupe ailée
Passer rapides et hurlants.

L'ENCLUME.

Assez de souffrance inféconde !
L'angoisse au cœur, le front serein,
Forçat, dans le bagne du monde
Rentre avec ton boulet d'airain !

Si l'amour te fuit, l'art te reste.
Dans la forge aux tristes clartés,
Descends poëte, sombre Oreste
En proie aux noires déités.

Ouvrier, reprends à la rouille.
Les outils que t'a donnés Dieu.
Fais trêve à l'oubli qui les souille !
Fais luire encore l'ancien feu !

Plus d'espérances mensongères !
Spectres grinçants du rêve enfui,
Noires sorcières des bruyères,
Tournez, hurlez autour de lui.

Essaim des cauchemars nocturnes,
Emplissez son antre ! Venez
Sonner aux heures taciturnes
Le glas des amours dédaignés !

Toi, cependant, sculpte, cisèle,
En riant, des rêves encor,
Et réchauffe-les de ton zèle,
Pour les jeter au moule d'or.

A l'œuvre ! forgeron ! rallume
Ton feu, puis souffle avec ardeur !
Mais frappe fort, puisque l'enclume,
Malheureux, c'est ton propre cœur !

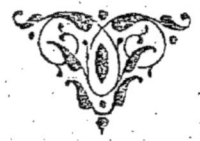

SOURÉ-HA

POEME.

I.

Le dieu, source de vie et de chaleur féconde,
Qui répand à flots d'or ses bienfaits sur le monde,
Le grand Phré, brûle. Il tend son disque au haut des cieux.

Le zénith embrasé s'environne de flamme.
Le Nil, père des eaux, brille comme une lame,
Épanchant son limon sur le berceau des dieux.

Partout le sable aveugle, et le désert flamboie.
Pas un homme ne passe, et pas un chien n'aboie
Dans la ville, où les toits s'étagent par carrés.

Depuis le vert Delta jusqu'à Thèbe aux cent portes,
Qui sous ses grands palais cache des villes mortes,
Tout se tait et s'endort sous les rayons sacrés.

Comme une nécropole immense, dans la brume
Memphis au loin s'étend près du désert qui fume,
Muette, et l'on dirait un silence éternel.

Sur les pylônes blancs dressant sa silhouette,
L'ibis, dans son jabot gonflé plongeant sa tête,
Médite sur un pied, découpé dans le ciel.

L'ennui lourdement plane, et tout travail fait trêve.
Les palmiers vers le sol d'où nul vent ne s'élève,
Penchent leurs longs cheveux dans l'air de diamant.

Les aiguilles de marbre en grêles colonnades
S'élancent par milliers, et sur les esplanades
Leurs ombres d'heure en heure avancent lentement.

Aux portes des palais, au pied des pyramides,
Ces monstrueux défis aux nations timides,
Les grands sphinx accroupis ouvrent leurs yeux sereins.

Assis, le corps perlé d'une sueur divine,
S'enveloppant au loin d'une poussière fine,
Ils songent aux secrets qui font ployer leurs reins;

Et scellés à jamais dans leur morne posture,
Sentinelles du temps, regardent la nature
Sous le pschent de granit dont s'ombrage leur front.

Rien ne peut les troubler dans leurs longues pensées;
Impassibles gardiens des croyances passées,
Ils sont les durs rêveurs qu'aucun bruit n'interrompt.

Ils contemplent l'Égypte avec leurs yeux énormes;
Frères de tous ses dieux aux impossibles formes,
Ils portent sur leur dos toute l'éternité.

Seuls, quelques caïmans glapissent dans la fange,
Et parfois on entend sur une frêle cange
Un chant lointain qui meurt par le fleuve emporté.

II

Oh! qui pourra sonder la tristesse qui ploie
Sur un cou jeune et frais un front fait pour la joie?
Qui pourra te comprendre, ô mystère des yeux,
Plus profond que la mer, plus vaste que les cieux?
Lorsque la voix se mêle à la harpe plaintive,
Lorsque des longs cils noirs une larme furtive
Brille comme une étoile, et tombe tristement;
Lorsqu'un mal ignoré soulève par moment
Sous un gorgerin d'or un sein vierge qui tremble
Au vibrement des sons et du cœur tout ensemble,
Et l'empourpre en entier d'un nuage vermeil,

Aurore de l'amour, chaste et brûlant éveil!

La brune Souré-Ha, sentant que la nature
N'avait pas de sanglot, pas de note assez pure
Digne de terminer son hymne de douleurs,
Baissant le front, laissa couler en paix ses pleurs.
Goutte à goutte ils tombaient de leur source divine;
Et quelque boucle sombre, errant sur sa poitrine,
Semblait vouloir chercher et boire avidement
Ces pleurs, ces pleurs d'amour, ignorés de l'amant!

Sur un riche tapis où se perd l'arabesque,
Tournant ses yeux distraits sur les murs peints à fresque,
Samhisis, au front clair, au beau bras délié,
Était couchée, un pied sous l'autre replié.
Son corps ondule aux yeux comme une souple plante;
Et l'on peut voir souvent sa gorge étincelante
Écarter du tissu son globe ferme et pur.
Ah! quelle est douce au cœur, sa prunelle d'azur!
Mais ce n'est pas l'amour qui pèse sur sa tête;
Ce qui fait s'abaisser, dans une heure inquiète,
Comme un grand vol d'oiseaux au bord d'un lac, le soir,
Ses sourcils, ce n'est pas un secret désespoir.
Non; c'est l'ennui flottant sur Memphis embrasée
Qui l'accable, et pâlit sa peau fine et rosée.
Et son petit pied nu, dans l'ombre, par instant,
Hors du pagne lamé se glisse en s'agitant.
Quand Souré-Ha se tut, laissant ses mains errantes
Chercher un dernier cri sur les cordes vibrantes,
D'une voix languissante elle lui dit : « Ma sœur,

L'ennui que tu croyais dissiper de mon cœur,
Redouble par tes chants. O Souré-Ha! pardonne;
Pour m'égayer, plutôt, si tu veux être bonne,
Au lieu de ces soupirs pareils à ceux que font
Les vents tristes, la nuit, dans un arbre profond,
Tu chanterais, ma sœur, quelques chansons bien folles,
Ou quelques airs de danse aux légères paroles.
Fais entrer dans mon âme un délire joyeux! »
Vers elle Souré-Ha ne leva pas les yeux.
Rien ne semblait pouvoir troubler sa rêverie.
L'insoucieuse enfant se sentit attendrie;
Et regardant enfin cette sœur qui pleurait :
« Aurais-je deviné, dit-elle, son secret?
C'est l'amour qu'elle cache et qui lui ronge l'âme.
L'amour seul dans les yeux peut mettre autant de flamme;
Pour l'embellir ainsi, l'amour seul dans la voix
Peut mêler la douleur et l'ivresse à la fois.
Je le saurai bien vite! » — Oh! les charmantes poses
Que prit pour se lever l'enfant aux lèvres roses!

A côté de sa sœur elle s'en vint s'asseoir.
Souré-Ha demeurait pensive sans la voir,
Immobile, à son rêve intérieur fidèle.
La jeune folle alors, se penchant plus près d'elle,
Tout bas, en souriant, murmura « Thaéri! »
Comme un oiseau qui tremble et qui cherche un abri,
Souré-Ha, tressaillant à ce nom, tout entière,
Tourna son front troublé vers l'enfant, qui derrière
Plongeait dans son regard un regard curieux.
Toute rouge de honte, elle baissa les yeux.

— « Je m'en doutais déjà, dit Samhisis ; tu l'aimes !
Et c'est assez longtemps vous cacher de vous-mêmes.
Tout à l'heure il viendra, comme il fait chaque jour,
Et je prétends sur toi détourner son amour.
— Tu te trompes, ma sœur, dit Souré-Ha, confuse ;
Et je ne sais quel dieu t'a conseillé ta ruse.
— Tu l'aimes, j'en suis sûre ; et s'il vient aujourd'hui,
Il saura quel bonheur était là, près de lui.
— C'est toi seule qu'il aime, et que seule il appelle ;
Et ton cœur à ses vœux n'a pas été rebelle.
A quoi bon ces discours, ma sœur ? Toi même, hier,
Ne me parlais-tu pas de son front calme et fier ?
N'as-tu pas, l'autre jour, pour lui baissé ton voile ?
Depuis qu'il t'aperçut, comme une blanche étoile,
Un soir d'été, portant l'amphore au puits sacré,
N'as-tu pas vu grandir l'amour qu'il t'a juré ?
D'où vient donc qu'aujourd'hui ta bouche le renie ?
— Je m'amusais de lui, voilà tout. L'insomnie
N'a pas à mon chevet cloué son souvenir
Comme au tien. Tu pâlis quand tu l'entends venir.
Il chassait mon ennui ; tu pleures dans l'attente.
— Je te dis que c'est toi qu'il aime ! Et sous sa tente
C'est pour toi qu'à genoux il invoque Rhéa.
Ce n'est pas pour aimer, moi, qu'Ammon me créa.
— Si tu ne l'aimes pas, alors pourquoi ton trouble ?
Pourquoi cette rougeur sur ton front, qui redouble ?
Pourquoi ces yeux baissés, ce muet embarras,
Pourquoi pleures-tu donc, si tu ne l'aimes pas ?
D'ailleurs, si tu dis vrai, si c'est moi qu'il adore,
Si c'est moi qu'aujourd'hui ses yeux cherchent encore,

Moi, je ne l'aime pas ; et peut-être demain
Dans l'ombre c'est ta main que cherchera sa main,
Espère, ô Souré-Ha ! Pour moi, voici mon rêve :
Écoute ! dans la pourpre, hier, près de la grève
Entouré de soldats, gardiens étincelants,
Maîtrisant de sa main ses quatre chevaux blancs,
Rhamsès passait, debout sur son char qui rayonne.
Dans un flot de poussière au loin qui tourbillonne,
Son front mâle brillait sous la couronne d'or.
Son regard souverain, plus fier, plus large encor,
Sur la ville en rumeur et sur son peuple immense,
S'abaissait plein d'orgueil, et pourtant de clémence ;
Il rencontra le mien ; ô mystère inconnu !
Dans un trouble à mon cœur subitement venu,
Je rougis, et les yeux fixés sur lui, pensive,
Je crus voir s'avancer dans la lumière vive
Quelque fils de Rhéa, quelque Dieu tout-puissant !
En moi ce souvenir est toujours renaissant.
Le cortége passa ; mais je le vois sans cesse.
Depuis lors, Souré-Ha, je connais la tristesse,
Ah ! le beau sort serait, n'est-ce pas, ô ma sœur !
D'avoir du grand Rhamsès l'amour et la faveur ;
De régner sur ce roi qui règne sur la terre ;
De l'asservir des yeux ainsi qu'un tributaire ;
D'être reine et de voir les peuples assemblés
Se courber sous ma gloire, ainsi qu'un champ de blés ! »

III.

Le fils d'Aménophis, Rhamsès, que Phré protége,
Le front chargé d'ennuis, a chassé son cortége,
Et, muet, il s'assied sur son trône sculpté
Par des captifs d'airain, d'argent et d'or porté.
Son œil terne s'emplit d'indicibles détresses ;
Sa barbe est immobile et pend en larges tresses.
Comme dans le granit ses traits semblent pétris.
Impassible, il est là, plus calme qu'Osiris ;
Il songe. Et l'on dirait, à voir ses lèvres pâles,
Typhon, le dieu commis aux vengeances fatales.

Quelque puissant qu'il soit, il a des jours mauvais,
Qui par tous ses désirs assouvis lui sont faits.
Il est frère des dieux. Les rois sont ses esclaves.
Sous son char lourd le sang coule en brûlantes laves.
Mais il connaît des jours où les coupes en vain
Lui versent la cruelle ivresse avec le vin.
Dans le néant sans fond il jette en vain sa gloire :
L'abîme est sans échos, sans éclairs la nuit noire.
Il ne peut tous les jours faire la guerre. Il a,
Sur les énormes plans que l'orgueil assembla,
Vingt peuples pour bâtir son palais et sa tombe.

Il fait du doigt un signe. Alors un homme tombe
Dans la fosse où rugit le lion favori.
Un jour nul ne dit plus : « Le roi Rhamsès a ri! »
Il ne sait inventer de voluptés nouvelles;
Il connaît les plaisirs des femmes les plus belles.
Il émousse à la fin dans leurs yeux ses yeux froids;
Il détourne son front pesant, le roi des rois!
De l'univers conquis son char est la charrue;
L'humanité servile à son trône se rue,
Et contemple en tremblant ses sourcils épiés;
La beauté, l'or, l'encens, il les foule à ses pieds;
Il peut tout; il s'ennuie, et le monde le raille;
Il est homme, et se sent plus frêle qu'une paille

Vimupht, le serviteur qui veille à ses côtés,
Voyant les yeux du roi fixement arrêtés,
Fit un signe; et l'eunuque à la face glacée
Frappa trois fois ses mains devant le gynécée.
La porte tout à coup sur les tapis moelleux
Roula sans bruit. Alors, spectacle merveilleux,
Envahissant la salle avec un doux murmure,
Comme des flancs ouverts d'une grenade mure
Ruissellent à l'envi la nacre et le carmin,
Cent femmes, souriant et se donnant la main,
Parurent, étalant leurs grâces ingénues;
Toutes devant Rhamsès, les unes demi-nues,
Les autres, le corps ceint d'un voile transparent,
Vinrent, selon le rite, et leurs noms, et leur rang,
Molle ondulation de poses provocantes,
Écrin éblouissant de lèvres éloquentes,

Chaîne adorable, ouverte ou refermée encor ;
Et tout autour fumaient les cassolettes d'or ;
Et les désirs flottaient dans l'air plein de spirales,
Aux chants voluptueux des harpes inégales ;
Et les voix des castrats au fond montaient en chœur.
Mais le roi sur son trône était un dieu sans cœur.
Tristes, auprès de lui, ses quatre favorites,
Ta-hé, Thméa, la blonde enfant aux mains petites,
Rhamel aux bras ambrés, et Marphris aux yeux bleus,
S'assirent. Tout le reste en long cercle onduleux
Se groupa loin du maître à la morne pensée,
Chacune par le fouet de l'eunuque chassée.
Celui-ci de nouveau frappa trois coups. Alors
S'élancèrent partout, en balançant leur corps,
Des esclaves dansant au son de leur cithare,
La souple Ibérienne et la svelte Barbare,
La jeune fille aux dents si blanches, au front noir,
Qui sourit en passant devant chaque miroir,
Et la Circassienne indolente et pensive,
D'autres encor, faisant dans leur gaîté lascive
Reluire l'éclat nu de leur jeunesse au jour,
Et sonner les anneaux de leurs bras, tour à tour.
Le roi dédaigna tout ; jusqu'à la plus aimée,
Jusqu'à Marphris, qui vint rieuse et parfumée,
Lui tendre l'échiquier qui dissipe l'ennui.
Toutes sur un signal s'éloignèrent de lui,
Le front baissé, frappant de leurs mains leurs poitrines,
Déchirant sur leurs seins gonflés les gazes fines,
Pleurant d'avoir perdu la faveur du grand roi,
Qui devant leurs beautés, nul ne savait pourquoi,

Demeurait insensible, et tel qu'un sphinx de pierre.

Quand il fut seul, Rhamsès, abaissant sa paupière,
Fit un signe à Vimupht, qui, courbant son front bas
Jusqu'à ses pieds, lui dit : « O roi ! dans les combats
Égal à Phré, le dieu qui brûle solitaire ;
Roi, bien-aimé d'Ammon, tu règnes sur la terre ;
Commande à ton esclave ! Entendre est obéir !
Si je manque à ton ordre, il me faudra mourir.
Roi, j'écoute. » — Et Rhamsès lui dit : « Avant une heure,
Bravant tous ses refus et son père qui pleure,
Il me faut Samhisis, la fille du savant ! »

Alors il se leva, puis sortit en rêvant.

IV.

Au fond des corridors, dans sa chambre secrète,
Memmaratkha, le sage, est seul. Son œil s'arrête,
Plein d'ivresse, devant quelque cippe sacré,
Par les griffes du temps monolithe échancré.
Puis, sur des papyrus couverts d'hiéroglyphes,
Méditant sur leur sens qu'ignorent les pontifes,
Il lit de longs secrets, héritages très-vieux.
Il déchiffre un par un les cartouches des dieux.

Plus jaune que la peau d'une jaune momie,
Sous sa lampe de cuivre, unique et vieille amie,
Son front large et rasé se plisse lentement.
Depuis vingt ans muet dans son recueillement,
Épelant, plein d'horreur, quelque mot fatidique
Dans les rites anciens qu'un prêtre mort indique,
Durant les jours brûlants ou les soirs constellés,
Il sonde avec Hermès les siècles écoulés.
Sa robe aux bords salis se répand sur les dalles;
Et sur les bouts courbés de ses rouges sandales
Le métal trace encor des traits mystérieux.
Le Nil peut, s'élançant de son lit, furieux,
Engloutir en un jour Memphis sur son passage;
Aucun signe d'effroi sur son calme visage
Ne tordra son sourcil; sans bouger il mourrait;
Car il cherche d'Ammon le terrible secret;
Car son regard perçant plonge à travers le vide,
Car son doigt décharné tremble de joie avide
En soulevant la nuit le grand voile d'Isis.
Il vit tout seul, au sein d'un rêve immense assis.

Déjà l'ombre au dehors croissait dans les savanes.
C'était, vers l'Orient, l'heure où les caravanes
Quittent les oasis, et sur les sables blancs
Reprennent le chemin du désert, à pas lents.
Du vieux sage, soudain, souillant l'austère asile,
Vimupht entre, et lui dit : « Sors du songe où s'exile
Ton cœur! Prêtre d'Isis, lève ton front penché!
Et si ce front encor par les veilles séché
Sous un regard royal peut tressaillir de joie,

Sois content, car ici c'est Rhamsès qui m'envoie !
Le bien-aimé puissant d'Ammon-Ra, le soutien
Des cinq fils de Rhéa, mon roi, comme le tien,
Daigne, c'est un immense honneur fait à ta race,
Sur Samhisis, ta fille ouvrir les yeux, par grâce.
Dans son palais demain en reine elle vivra,
Et le peuple à ses pieds, joyeux, l'adorera.
Pour prix de ton amour, ô vieux sage ! il te laisse
Souré-Ha, car il prend pitié de ta vieillesse,
Et te donne en surplus dans ces coffrets pesants,
Pour arrêter tes pleurs, tous ces riches présents.
Réponds ! » — Memmaratkha laissa parler l'esclave ;
Et sans qu'un cil frémît sur sa paupière cave,
Lui dit : « Je n'ai que faire, entends-tu ? d'un trésor !
Si tu veux, prends ma fille avec sa sœur encor ;
Mais va-t'en ! car la vie est de courte durée,
Car la science est longue, et cette heure est sacrée ! »

L'esclave en ricanant disparut tout joyeux ;
Et le sage reprit son rêve avec les dieux.

Vimupht entra bientôt dans une étroite salle.
Là, tout près du jet d'eau bruissant sur la dalle,
Les deux sœurs caressaient leurs désirs opposés,
Songeant, l'une au bonheur tranquille, aux longs baisers
Sur la grève, le soir ; l'autre à la molle ivresse
Du royal gynécée où la foule se presse,
Où chacune à son tour étale sa beauté,
Et jusque dans le sang creuse la volupté.

— « Laquelle est Samhisis de vous deux? dit l'esclave;
Qu'en signe de bonheur, trois fois elle se lave
Le visage et les mains, dans l'eau du puits sacré! »
— « Parle! que lui veux-tu? C'est moi! Par le dieu Phré!
N'étais-tu pas hier près du roi, quand la foule
Ondulait devant lui comme un immense houle? »
— « Oui, femme! il a daigné jeter les yeux sur toi.
Triste, depuis hier il t'aime; et c'est pourquoi
Je viens pour t'emmener. N'aimant que la science,
Memmaratkha, ton père, avec insouciance
Me permet, si je veux, de prendre aussi ta sœur,
Car tout terrestre amour est banni de son cœur. »
— « Souré-Ha! Tu l'entends! Sans doute un dieu lui-même
A pris soin d'exaucer mon rêve. Rhamsès m'aime!
Son messager vers moi, sur son ordre pressant,
Accourt, et je le suis, et mon père y consent! »

Et rouge de plaisir, la folle jeune-fille,
Sans voir, en l'embrassant, cette larme qui brille
Aux yeux de Souré-Ha, lui dit : « Dans ton amour,
Dans tes désirs, ma sœur, sois heureuse à ton tour!
Puisque tu préférais un bonheur qu'on ignore,
Reste donc, et l'attends! Vers le palais sonore
Un dieu me pousse; adieu! — Va donc! dit Souré-Ha;
Et tout bas : De mon sort ce jour décidera! »

V.

L'horizon au dieu Phré s'ouvrait par grands portiques.

Cependant par le Nil, le fleuve aux flots antiques,
Sans peur des caïmans tapis dans les roseaux,
Un homme nage et fend rapidement les eaux.
A travers les lotus de la berge il arrive
Et touche aux bords. A peine a-t-il franchi la rive
Que de ses membres nus, de son dos reluisant,
Le soleil, d'un rayon, dans l'air chaud et pesant
A séché l'eau du fleuve et chassé la fatigue.

Il est tout jeune et beau. La nature prodigue
Lui donna plus encore, et l'on voit la fierté
Écrite sur son front avec la volonté.
Son œil, droit devant lui, sait regarder l'obstacle.
Il n'est pas de ceux-là qui traînent en spectacle
La blessure d'un cœur lâchement résigné ;
Pour aimer un supplice atroce, il n'est pas né.

Il marchait au hasard, solitaire, l'œil calme ;
Comme un dieu méprisant gardant toujours sa palme,
Pour les femmes longtemps il n'eut que du dédain.
Nul regard ne troublait sa force. Mais soudain,
Dès qu'il eut aperçu Samhisis, dans son âme

Il a senti l'amour, et comme un pur cinname
S'épanouir l'essaim des désirs; et l'espoir
A fait son cœur tremblant, et son regard plus noir.

Il déplie à la hâte et sur son corps apprête
Ses vêtements portés hors de l'eau sur sa tête,
Et s'élance, le cœur plein d'ivresse et d'amour,
Vers le seuil bien-aimé qu'il revoit chaque jour.
— « C'est languir trop longtemps, pense-t-il, dans le doute;
Tout entière, à la fin, j'ai vidé goutte à goutte
La coupe des tourments que m'offre cette enfant.
C'est assez soupirer; l'orgueil me le défend. »
Il entre. Souré-Ha, les paupières baissées,
Seule et triste, suivait le cours de ses pensées;
Quand tout près retentit le bruit d'un pas si cher,
On eût pu voir pâlir et frissonner sa chair.

La nuit allait venir, et des ombres profondes
Noyaient les plafonds peints et les murs sous leurs ondes.
Thaéri s'élançait; mais un pressentiment
Le cloua sur le seuil, immobile. Un moment
Il se tut, contemplant cette vierge isolée,
Et qui pensait à lui, sous sa peine accablée.
Lui, tout à Samhisis, l'absente, ne lut pas
Le secret de ce cœur aux douloureux combats.
D'un seul mot il pouvait dans ces yeux faire luire
Un éclair, rayonner dans ces pleurs un sourire.
Il n'avait qu'un seul nom dans l'âme, et qu'un souci :
« Samhisis? cria-t-il; n'est-elle plus ici?
Vous vous taisez! Parlez! Dites-moi qu'elle est morte,

Plutôt que d'un rival elle ait franchi la porte !
Je saurais me venger ! — Hélas ! dit Souré-Ha,
Dont le beau front si pur à sa voix s'empourpra ;
Rhamsès est plus qu'un homme, et loin de tous il siége ;
Et ses aïeux divins le gardent de tout piége !
— Voilà donc le bonheur qu'elle préfère ! Hé quoi !
Tous mes serments n'étaient, pour cette enfant sans foi,
Qu'un vain jeu, qu'un mensonge ! En écoutant les rêves
Que je faisais pour nous, en ces heures trop brèves,
A genoux à ses pieds, et les yeux sur ses yeux,
Peut-être songeait-elle à ce sort glorieux !
O honte ! elle accepta pour elle un rang infâme !
C'est le fouet de l'eunuque insolent et sans âme
Qu'elle a couru chercher, sans pleurs, et sans regret
Pour le crédule amant qui vers elle accourait !
— Peut-être est-il un cœur, dit Souré-Ha, fidèle,
Dont l'amour deviné vous consolera d'elle. »
Et, rouge, elle n'osa lui dire un mot de plus.
Le jeune homme, la voix et les traits résolus :
— « Souré-Ha ! je ne sais si les autres oublient ;
J'ignore si du cœur les liens se délient ;
Mais moi, je ne veux pas oublier, et je sens
Une soif de vengeance envahir tous mes sens ;
La jalousie étreint et brûle tout mon être ;
Par Typhon, Souré-Ha ! je le saurai peut-être
Si la mort peut aussi délivrer de l'amour ! »
Et, repassant le seuil, il s'enfuit sans retour.

Comme un ramier blessé qui dans les airs tournoie
Harcelé par le bec d'un sombre oiseau de proie,

Souré-Ha s'abîmait dans sa sombre douleur.
« Comme il l'aime! dit-elle ; Eh bien, soit! Dans le cœur
C'est moi qu'il frappera ; moi, qui mourrai, contente
Si c'est sa main qui tue, en ses bras palpitante! »

La nuit dans le vieux Nil baignait son pied charmant,
Et, sereine, invitait l'homme au recueillement.

VI.

Rêves inassouvis des amours impossibles,
Rongerez-vous toujours de vos dents invincibles
Le misérable cœur qui de vous s'est épris ?
Quoi! parce qu'au printemps de la vie, et surpris
Pour la première fois de sentir l'étincelle,
Il but l'amer venin qu'un regard pur recèle,
Serpents du souvenir, le mordrez-vous toujours?
Ne fuirez-vous jamais, spectres, de ses beaux jours?
Est-ce un crime d'aimer? C'est donc un culte impie
Que l'amour? Jusqu'à quand faudra-t-il qu'on expie
Les parfums qu'on brûla sur l'ineffable autel?
Le songe des vingt ans doit-il être immortel?
L'homme est né pour souffrir, oublier et se taire ;
C'est un homme, celui qui dans la route austère
Va les yeux vers un but, et les bras en avant,

Sans courber son front mâle aux caprices du vent.
Qu'importe l'horizon! Sans regarder derrière,
Le fort doit ici-bas marcher dans la carrière.
Que peut-il espérer celui qu'un souvenir
Étreint plus qu'un remords, et qui ne peut bannir
Le désir infécond de sa jeunesse vaine ;
Qui lui-même, serrant autour de lui sa chaîne,
Lâchement de son cœur est le propre geôlier,
Et n'osant pas mourir, ne veut pas oublier?

Depuis trois jours entiers, depuis trois nuits, farouche,
Comme un tigre affamé qui roule son œil louche,
Thaéri frémissant rôde autour du palais,
Où Samhisis reluit sous l'or des bracelets.
Prêt à frapper, dans l'ombre, attentif, il épie.
Depuis trois jours aussi, le soir inassoupie,
Souré-Ha des gardiens a gagné la faveur,
Et, feignant la gaîté, veille auprès de sa sœur.

Mais peut-être bientôt viendra l'heure discrète
Qui doit cacher le trait que la vengeance apprête;
Car cette nuit Rhamsès veut fêter Samhisis.
Il est aux bords du Nil une fraîche oasis ;
Et c'est là qu'il ira. — Courage! Voici l'heure
Où l'âme se roidit au fond du corps qui pleure.
Regarde si ton arc, jeune homme, est bien tendu;
Jeune fille, aguerris ton regard éperdu!

Depuis longtemps déjà sous les dunes de sable
Phré noyait les rayons de son disque implacable.

Déjà le fleuve au loin reflétait mille feux;
Sur la grève attendait tout un peuple joyeux,
Et partout éclataient des concerts d'allégresse.
Le roi venait. Et belle et savourant l'ivresse,
Sous un dais opulent, par cent femmes porté,
Samhisis s'avançait brillante à son côté,
Promenant ses yeux fiers d'en haut sur cette foule
Qui lui semble un tapis vivant que son pied foule.
Pour la première fois, aux hommages rendus,
Elle sentait s'ouvrir son cœur, comme un lotus,
Et l'éclair de l'orgueil agrandir sa prunelle.
Oh! comme il était mort le souvenir en elle!
Au milieu de la nuit illuminée, au bruit
Du cortége splendide et pompeux qui la suit,
Qu'ils étaient loin ses jours de calme et d'innocence,
Sous le paisible toit qu'un jeune amour encense!
Comme elle avait bien vite oublié Thaéri!

Souré-Ha, lui faisant de son cœur un abri,
La suivait, pâle, en proie à sa muette angoisse,
Et le sein palpitant sous la main qui le froisse.
Son regard, autour d'elle errant à chaque pas,
Semblait chercher quelqu'un qui ne se montrait pas.
Soudain, sortant de l'ombre, un homme noir se dresse
Derrière elle, qui dit : « Ce soir, avec adresse,
Je l'ai suivi, celui que tu m'as indiqué ;
Là-bas, dans les roseaux, il se tient embusqué,
L'arc en main, à l'endroit où le Nil fait un angle,
Au bord de ce canal qu'une île verte étrangle. »
—C'est bien! dit Souré-Ha;Tiens! prends vite, et t'enfuis!

5

Il disparut d'un bond. Le Nil flamboyait. Puis
Il emportait bientôt sur les canges royales
Le cortége et les chants des harpes triomphales.

— « Que regardes-tu donc, ma sœur, autour de toi ?
Dit Samhisis. Je veux que ce soir, près de moi,
Chacune ait sa chanson comme sa banderole.
Tous tes désirs, dis-les. N'as-tu pas ma parole?
Parle ! » — Alors, Souré-Ha : « Si je te demandais
De m'asseoir à ta place un instant sous ton dais,
D'essayer un moment ta pose et ta parure?
Je pourrais mieux peut-être oublier ma blessure! »
Ce caprice jaloux sourit à Samhisis.
Comme la conque d'or de la déesse Isis,
La cange sur les flots suivait sa marche lente.
Souré-Ha sous le dais s'assit, étincelante ;
Et tandis que son sein se brisait de douleurs,
En s'efforçant de rire, elle buvait les pleurs
Qu'à ses yeux ramenait une pensée amère.
Qu'elle était belle ainsi, dans sa gloire éphémère!
Belle comme l'étoile au ciel noir constellé
Qui surgit et qui meurt après avoir brillé !
Mais vers les joncs mêlant sur les bords frais de l'île
Leurs rameaux plus touffus, la cange vient, tranquille.
Thaéri tout à coup se dresse dans la nuit.
Il croit voir Samhisis ; — et la corde sans bruit
Sous ses doigts est tendue. — Un instant immobile,
Il l'a visée au cœur, avec un œil habile.
Puis la corde a vibré sonore… Et dans un cri
L'âme de Souré-Ha, bénissant Thaéri,

S'envola. — Son beau corps roula dans le sillage.

Ce soir, les caïmans, qui rôdaient sur la plage
Joyeux, se sont repus dans un double festin,
Car le flot ne rendit nul cadavre au matin.

L'ENSEVELIE.

J'ai lu dans le regard que ton silence arbore.
Tu nous disais : « Je suis la souterraine amphore
Dont nul n'a respiré les parfums précieux,
Orgueil des jardins frais de Perse ou du Bosphore.
Je suis le vase clos et perdu pour les yeux.
Vivez, chantez, riez ! Étalez sous les cieux
Vos cyniques ennuis, comme un fumier fétide !
Je suis l'urne, plus riche encor que l'Atlantide,
Ensevelie au fond d'un temple pompéien,
Sous l'angle protecteur d'une cariatide ;
J'abrite dans la nuit un trésor très-ancien !
Aimez au jour le jour, sans flamme au cœur ! Le mien
N'embaumera jamais votre détresse immonde !
Avant qu'il ait pu battre et s'ouvrir à ce monde,

Les laves du regret, les cendres du mépris,
L'ont couvert d'une couche éternelle et profonde,
Où mes rêves lui font un rempart de débris.
Je suis le flacon d'or séculaire et sans prix,
Qui, loin de l'antiquaire, au pied d'un mont sommeille,
Tout entier plein toujours d'une liqueur vermeille.
Vienne un ébranlement aux plus rudes assauts
Qui me brise dans l'ombre, enfin ! Alors pareille
A cette urne, je veux qu'entre les noirs monceaux
Mon âme s'évapore en odorants ruisseaux !

LA RENCONTRE.

Les dieux sont muets, et la vie est triste.
Pour nous mordre au cœur, les crocs hérissés,
Un noir lévrier nous suit à la piste.
Sur les fronts pâlis, sous les yeux baissés,
Dans les carrefours que la foule obstrue,
Parmi les chansons, les bruits de la rue,
Dans les yeux ternis, sur les fronts penchés,
Je cherche et je lis une amère angoisse,
Un doute, un souci vainement cachés,
Un vieux souvenir qui monte et qu'on froisse;
Et je vais ainsi, trésorier des pleurs,
En chemin, quêtant soupirs et douleurs.
O passants! vous tous qu'un regret harcèle,
Que ronge une dent, remords ou désir,

Vous que brûle encor la chaude étincelle
Du songe enflammé qu'on n'a pu saisir;
Le même destin avec vous m'emmène :
Inconnus, salut dans la vie humaine!
Vous tous qui passez près de moi sans fin,
Inquiets, furtifs, le long des murailles,
Ames, cœurs, esprits, corps, emplis de faim,
Quel que soit le mal qui mord vos entrailles,
Vous versez en moi, trésorier du fiel,
Un regard profond, dédaigné du ciel!
Au nom du poëte, ivre d'amertumes,
Confident discret qui de l'œil vous suit!
Au nom du passé perdu dans les brumes,
Au nom du silence! au nom de la nuit!
Dans la vie humaine où je vous salue,
Au nom de tout rêve en qui l'ombre afflue,
Au nom de demain, au nom de toujours,
Je dis à chacun d'entre vous qui passe :
« Au revoir, ailleurs, plus loin, dans l'espace,
Sous un ciel muet peuplé de dieux sourds! »

LA SOIF.

La cuirasse à nos reins bouclée,
Dans une lutte sans merci,
Nous nous sommes jetés, ainsi
Que des Bretons dans la mêlée.

Ainsi donc soit! Et jusqu'au soir
Tenons tête dans la bataille,
Haut la visière, et haut la taille,
Sans lâcher pied, sans nous asseoir!

Champions du beau qu'on lapide,
Que le sort nous trahisse ou non,
Faisons flotter notre pennon
Par-dessus la clameur stupide.

Puisque pour nous les durs chemins,
Quand nous regardons vers la terre,
N'ont point d'eau qui nous désaltère,
A notre flanc portons les mains;

Et, ruisselants d'éclaboussures,
Pour revivre du même espoir,
Buvons, ainsi que Beaumanoir,
Le sang tout chaud de nos blessures!

LA POURSUITE.

C'est en vain que tu la fuiras,
Disant : « L'absence cicatrise! »
Le hasard est plein de traîtrise ;
Et l'insensible aux yeux ingrats
Qu'un sourire jamais n'irise,
Un jour, tu la rencontreras!

C'est en vain qu'on croise les bras,
Disant : « Mon mal, je le méprise! »
Le passé, plus fort, nous maîtrise ;
Et tout à coup tu l'oublieras
Ta leçon fièrement apprise,
Et lâchement tu pâliras.

C'est en vain que tu vieilliras,
Disant : « Sa tête est toute grise ! »
Le regret ne lâche pas prise ;
Et l'amertume où tu sombras
Est la source où rien ne se brise
Des traits purs que tu reverras !

Et c'est en vain que tu mourras,
Disant : « La grande nuit dégrise ! »
Sous le grand soleil, sur la brise,
Ce qui peuplait un crâne ras,
Au ciel peuplé se vaporise ;
D'astre en astre, tu chercheras !

SOLEIL COUCHANT.

A M. ÉDOUARD HERVÉ.

Aux bords retentissants des plages écumeuses
Pleines de longs soupirs mêlés d'ardents sanglots,
Sous le déroulement monotone des flots;
Près des gouffres hurlants des falaises brumeuses;

A l'heure où le soleil, ainsi qu'un roi cruel
Qui veut des draps sanglants pour ses langes funèbres,
Descend baigné de pourpre, et s'enfonce aux ténèbres;
A l'heure où lentement l'ombre envahit le ciel,

Un homme se tenait silencieux. La grève
Était déserte. Lui, debout, d'un œil amer
Il regardait plonger l'astre rouge à la mer;
Et triste était son cœur, et sombre était son rêve!

Et ce n'était pas l'homme au sortir de l'Éden,
Fils encore innocent d'une race nouvelle;
En qui la vie afflue; à qui Dieu se révèle,
Et qui pour tous les maux n'a qu'un mâle dédain;

L'homme essayant sa force au seuil des premiers âges,
Jeune dans l'univers jeune et grand comme lui;
Défiant l'avenir, et dont l'œil ébloui
Reflète l'horizon des vierges paysages;

Plein d'un orgueil sans borne et d'un espoir sans fin;
Et dans sa beauté fière en qui Dieu se confie,
Sur la création parfumée et ravie
Passant calme, et le front brillant du sceau divin;

C'était l'homme vieilli des races séculaires,
Fils de la lassitude et des espoirs déçus,
Dont le cœur, reniant les dons qu'il a reçus,
A des printemps plus froids que les hivers polaires;

Qui, remuant la cendre immense du passé,
Initié tout jeune au mensonge des rêves,
A vu la vanité de ses luttes sans trêves,
Et sans but, désormais marche le front baissé;

Qui, ployant sous le poids de l'éternelle chaîne,
Se connaît à la fin tout entier, joie et pleurs;
Rassasié du rire autant que des douleurs;
Sans ardeur pour le bien, et pour le mal sans haine;

C'était l'homme rongé par l'angoisse; vaincu
Sous l'énervant dégoût de sa propre impuissance;
Et fatal héritier d'une triste science,
Contempteur de la vie avant d'avoir vécu.

En vain de son génie il proclame la gloire!
L'ennui verse sur lui le plomb du châtiment;
Et son âme oubliée, hélas! amèrement
Pleure en voyant monter cet encens dérisoire.

Stupide et vil, repu de froides voluptés,
En vain il rit des dieux qu'ont adorés ses pères,
Et s'élance vers l'or du fond de ses repaires,
Les doigts crispés, les yeux pleins de fauves clartés.

Car le Veau d'or, ce Dieu comme un autre implacable,
A l'enfer de Midas rit de le voir marcher.
Honneur, amour, vertu, tout ce qu'il veut toucher,
Se change sous ses mains en cet or qui l'accable.

Oui, ce Dieu, son premier amour, et son dernier,
Le plus riche en autels, le plus riche en apôtres,
Le plus vieux, qui vit naître et mourir tous les autres,
Avant le chant du coq il va le renier.

Il va le renier à son tour. Dans les nues
Il l'enverra siéger, livide, avec les dieux
Morts maintenant, jadis beaux, fiers et radieux,
Qui sur les monts sacrés vivaient en troupes nues;

Près des fantômes blancs, tristes et solennels
Qui planent condamnés sur les plages du pôle,
Et qu'un souffle inconnu, les poussant par l'épaule,
Promène dans la nuit des exils éternels.

L'heure est venue enfin! Le vent de l'ironie
A tari dans les cœurs l'ambition du beau.
Sur le dernier autel plus désert qu'un tombeau
L'herbe croît. Il n'est plus de divine agonie!

Plus de vins enivrants! plus d'hymnes, plus d'encens!
Plus de fronts couronnés de verveine et de roses!
Plus d'apôtre en extase, et plus d'apothéoses!
Plus de soupirs poussés hors du monde des sens!

Sur la montagne en feu nul ne se transfigure,
Et dans la fange d'or aux fétides odeurs,
L'homme consume en vain ses dernières ardeurs
Sous un ciel bas et lourd qui n'a plus d'envergure!

Dans un air sans échos sa voix s'éteint. Voilà
Qu'il renie à la fin sa chair comme son âme,
Et que, toujours brûlé d'une impossible flamme,
Il brame vers les cieux que l'orgueil dépeupla.

Mais les espoirs qui font la jeunesse si belle
Renaissent-ils jamais au sein des cœurs flétris!
Les pleurs, les repentirs, les plaintes et les cris
Ont-ils jamais ému l'impassible Cybèle!

Nature indifférente, au secret douloureux,
Prés aux vertes senteurs, forêts au noir mystère,
Monts couronnés de pins ou d'une neige austère,
Vous êtes sans pitié, comme tous les heureux !

L'homme a porté sur vous sa hache sacrilége ;
Sur vous il s'est rué furieux ; et sa voix
A maudit le silence ironique des bois
Où meurt le vain appel du désir qui l'assiége :

A jamais il a fui, tout ce monde enchanté
Qu'aux rayons de la lune, au fond des solitudes,
On voyait s'essayer aux molles attitudes
Sous l'œil ardent d'un faune ivre de volupté.

Quand Pan mourut, un cri monta de rive en rive.
Dans le cœur du poëte il retentit encor.
Comme un chasseur perdu qui sonne en vain du cor,
L'homme court dans la nuit où nul écho n'arrive.

De lui-même lassé, voilà que haletant,
Comme Sisyphe sous son fardeau qui l'écrase,
Il s'arrête, et qu'à l'heure où l'occident s'embrase,
Il sent ses maux soufferts revivre en un instant.

C'est une heure sinistre et pleine de vertige.
Depuis l'éternité ces magiques splendeurs
Étreignent l'âme, et font jusqu'en ses profondeurs
Tressaillir du passé l'impérieux vestige.

Comme l'astre qui fond en longs fleuves pourprés
Dont les reflets au loin baignent les hautes cimes,
Le cœur de l'homme saigne, en songeant aux abîmes
Où ses rêves encor hurlent désespérés.

Mais maintenant, devant la chute glorieuse
Du globe dont l'éclat brilla sur son berceau,
Ce n'est plus vers l'Éden, dont il porta le sceau,
Qu'il se retourne au bout d'une ardeur furieuse.

Ce n'est plus son aurore ou son passé lointain
Dont le ressouvenir en hymnes d'or s'exhale;
Ni des combats premiers la pourpre triomphale
Qu'il pleure, en gémissant sur sa part du destin.

Ce n'est plus les dieux morts qu'il invoque ou qu'il prie,
Hélas! et ce n'est plus même, quand vient le soir,
La mort, son épouvante et son dernier espoir,
Qu'il appelle, sentant toute séve tarie!

Sous la dent sans pitié du souci qui le mord
Rien ne ranime plus sa force ou son courage,
Voilà qu'il a poussé son dernier cri de rage,
Car il ne peut plus croire à ta promesse, ô mort!

Tu ne peux rien sur l'âme; et l'impossible envie
Toujours la rongera par delà le tombeau.
Tu n'en peux au néant jeter un seul lambeau;
Ce n'est pas le repos qui par toi nous convie!

6.

— Et le soleil, jetant sa suprême clarté,
Laisse l'homme, le front baissé, le regard morne ;
Et dans son cœur descend une douleur sans borne,
Sous l'écrasant fardeau de son éternité.

L'ŒIL.

Sous l'épais treillis des feuilles tremblantes
Au plus noir du bois la lune descend ;
Et des troncs moussus aux cimes des plantes,
Son regard fluide et phosphorescent
Fait trembler aux bords des corolles closes
    Les larmes des choses.

Lorsque l'homme oublie au fond du sommeil,
La vie éternelle est dans les bois sombres ;
Dans les taillis veufs du brûlant soleil
Sous la lune encor palpitent les ombres,
Et jamais leur âme, au bout d'un effort,
    Jamais ne s'endort !

Le clair de la lune en vivantes gerbes
Sur les hauts gazons filtre des massifs.
Et les fronts penchés, les pieds dans les herbes,
Les filles des eaux, en essaims pensifs,
Sous les saules blancs en rond sont assises,
　　　Formes indécises.

La lune arrondit son disque lointain
Sur le bois vêtu d'un brouillard magique,
Au fond d'une eau morne aux reflets d'étain;
Et le vieil étang, miroir nostalgique,
Semble ton grand œil, ô nature! hélas!
　　　Semble un grand œil las.

ADIEU!

Toi, pour qui l'amour n'est qu'un jeu,
Sans remords, sans mélancolie,
Fais ton métier de femme; adieu!

Toi qui sais oublier, oublie!
Je ne sens fermenter en moi
Ni rancune, ni fiel, ni lie.

En tes yeux je n'avais pas foi,
Et dans mon âme rien ne saigne.
Obéis à la vieille loi!

Redore et repeins ton enseigne,
Arrête les désirs épars,
Cherche un sot qui demain se plaigne.

Cœur léger, cœur vide, adieu! Pars!

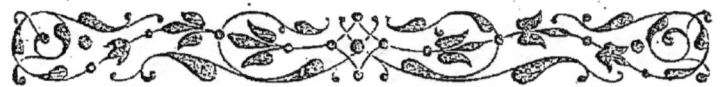

CHANSON.

Le ciel est loin; les dieux sont sourds.
Mais nos âmes sont immortelles !
La terre s'ouvre ; où s'en vont-elles ?
Souffrirons-nous encor, toujours ?

L'amour est doux; l'amour s'émousse.
Un serment, combien dure-t-il ?
Le cœur est faux, l'ennui subtil.
Sur la tombe en paix croît la mousse !

La vie est courte, et le jour long.
Mais nos âmes, que cherchent-elles ?
Ah ! leurs douleurs sont immortelles !
Et rien n'y fait, trou noir, ni plomb !

L'IMAGE.

La terre dans le ciel promène
Sa face où vit l'humanité.
La terre va ; la vie humaine
Ronge son crâne tourmenté.

Les hommes courent à leurs quêtes
Sur la terre, ardents et pressés ;
Comme au front des vieilles coquettes
S'obstinent les anciens pensers.

La terre est vieille et décrépite,
Et rêve encor, spectre blafard ;
La terre croit qu'un cœur palpite
Entre ses os couverts de fard.

Chaque jour de son front par masse
Tombent son plâtre et ses cheveux.
La vie imbécile grimace,
S'enivrant des plus doux aveux.

Et quand revient le crépuscule
Traînant la nuit, parfait miroir,
Jamais d'horreur ne se recule
La terre qui ne veut pas voir !

— Le temps d'un bras robuste enserre
Ta carcasse, et la fait craquer !
Regarde enfin d'un œil sincère
Là-haut ton front se décalquer !

C'est trop longtemps te rendre hommage
Sous ton reflet morne et hideux.
Reconnais-toi dans ton image ;
Confrontez-vous toutes les deux :

O vieille terre ! O lune inerte !
O moribonde, ô globe mort !
Toi, que partout l'espoir déserte !
Toi, qui n'as plus même un remord !

SUR LA PLAGE.

Veux-tu partir? — Partons! la mer
Est moins vaste encor que notre âme!
L'amour m'a repris dans sa trame.
Il est plus calme et moins amer
Le flot qui fait ployer la rame!

Veux-tu chanter? — Chante! ta voix
Est moins sonore que mon rêve.
Que ta chanson soit lente ou brève,
Va! tous les sanglots d'autrefois
Me poursuivront de grève en grève!

Veux-tu dormir ? — Dors! le sommeil
Est le moins clément des mirages !
On y revoit d'affreux parages !
Nul au fond d'un léché vermeil
N'y boit l'oubli d'anciens naufrages !

Veux-tu parler ? — Parlons ! Les mots
Diront-ils vraiment nos pensées ?
Ah ! combien se cachent, pressées,
Sombres nids sous d'épais rameaux,
Le long des paupières baissées !

Crois-moi ! ne formons pas de vœux !
Regardons-nous ! restons à terre !
Ne chante pas. La nuit austère
Est moins noire que tes cheveux !
Veillons ! Surtout, sachons nous taire !

LA PRISON.

Comme les hauts piliers des vieilles cathédrales,
O rêves de mon cœur! vous montez! Et je vois
L'ancien encens encore endormir ses spirales
A l'ombre de vos nefs, ô rêves d'autrefois!

Comme un orgue dompté par des mains magistrales,
O ma longue douleur! je t'écoute; et ta voix
Murmure encor l'écho des plaintes et des râles
Que j'ai depuis longtemps étouffés sous mes doigts!

— Eh quoi! prêtre enfermé qui saignas sous l'insulte,
N'as-tu pas renié ton église et ton culte,
Et brisé l'encensoir aux murs de ta prison?

Debout! Étends les bras sans fermer les paupières!
Qu'ils croulent, ces piliers dont tu sculptas les pierres,
Dût leur poids t'écraser du coup, comme Samson!

REVOLTE.

Car les bois ont aussi leurs jours d'ennui hautain;
Et, las de tordre au vent leurs grands bras séculaires,
S'enveloppent alors d'immobiles colères;
Et leur mépris muet insulte leur destin.

Ni chevreuils, ni ramiers chanteurs, ni sources claires,
La forêt ne veut plus sourire au vieux matin,
Et, refoulant la vie aux plaines du lointain,
Semble arborer l'orgueil des douleurs sans salaires.

— O bois! premiers enfants de la terre, grands bois!
Moi, dont l'âme en votre âme habite et vous contemple,
Je sens les piliers prêts à maudire le temple.

Un jour, demain peut-être, arbres aux longs abois!
Quand le banal printemps ramènera nos fêtes,
Tous, vous resterez noirs, des racines aux faîtes!

LA MORT COQUETTE.

Ce sinistre caprice à son horreur manquait.
Pour que son ironie aujourd'hui soit complète,
La faucheuse, qui vient d'ajuster sa toilette,
Se cambre élégamment dans son linceul coquet.

Elle s'attarde, et rit au miroir qui reflète
Le gril de sa poitrine où luit un blanc bouquet;
Mais on sent que bientôt va craquer le parquet
Sous le déhanchement sonore du squelette.

— Ton nouveau fiancé t'appelle, et se débat
Contre la vie! Allons, marche vers son grabat!
Vante les lits profonds de ta paisible auberge!

Fais ton hideux métier! récite tes serments!
Et, ton baiser donné, cours à d'autres amants,
O toi qui sais mentir, courtisane encor vierge!

LE BAPTÊME.

Par-dessus toits et cheminées,
Monte, mon âme! monte encor!
Par delà le banal décor
De ces vapeurs disséminées,
Envole-toi, prends ton essor
Loin de nos mornes destinées!

Pars comme un trait; vole à travers
L'espace maintenant sans nue!
Laisse au fond d'une ombre inconnue
La lune cacher son revers;
Sans t'arrêter, va ! continue!
Les cieux immenses sont ouverts !

Toujours plus haut, fends, ô mon âme !
L'éther sombre, subtil et froid ;
Vénus en bas roule et décroît ;
L'anneau de Saturne est en flamme ;
Passe au travers et fuis tout droit,
Toi qu'un secret désir affame.

Franchis, rapide, le ciel noir
D'Uranus, et poursuis ta course !
Comme les mailles d'une bourse
La nuit s'entr'ouvre ; et tu peux voir
Les astres d'or de la grande Ourse
De tous côtés sur toi pleuvoir.

D'un élan sublime emportée
Dépasse Orion ; plus avant
Enfonce-toi ; frémis au vent
De quelque étoile dilatée,
Monstre lointain au cœur mouvant ;
Nage au fond de la mer lactée !

Cherche un monde nouvel éclos,
Un vaste univers que colore
L'écharpe de sa longue aurore ;
Baigne-toi dans les roses flots
De ses grands lacs vierges encore,
Fille des siècles de sanglots !

Sur d'ineffables paysages
Flane, légère, et disparais;
Parcours les féeriques forêts
Que berce un souffle sans présages;
Parfume-toi des encens frais
Qui flottent sur les premiers âges !

Alors, mon âme, redescends
Purifiée, en ce bas monde;
Et tu pourras, une seconde,
Dans la paix des amours naissants
Aux doux rêves de l'enfant blonde
Mêler tes rêves innocents.

LAZARE.

A LECONTE DE LISLE.

A la voix de Jésus, Lazare s'éveilla ;
Livide, il se dressa debout dans les ténèbres ;
Il sortit tressaillant dans ses langes funèbres,
Puis, tout droit devant lui, grave et seul, s'en alla.

Seul et grave, il marcha depuis lors dans la ville,
Comme cherchant quelqu'un qu'il ne retrouvait pas,
Et se heurtant partout à chacun de ses pas,
Aux choses de la vie, à la plèbe servile.

Sous son front reluisant de la pâleur des morts,
Ses yeux ne dardaient pas d'éclairs ; et ses prunelles,
Comme au ressouvenir des splendeurs éternelles,
Semblaient ne pas pouvoir regarder au dehors.

Il allait, chancelant comme un enfant, lugubre
Comme un fou. Devant lui la foule s'entr'ouvrait.
Nul n'osant lui parler, au hasard il errait,
Tel qu'un homme étouffant dans un air insalubre.

Ne comprenant plus rien au vil bourdonnement
De la terre ; abîmé dans son rêve indicible ;
Lui-même épouvanté de son secret terrible,
Il venait et partait silencieusement.

Parfois il frissonnait, comme pris de la fièvre,
Et comme pour parler, il étendait la main ;
Mais le mot inconnu du dernier lendemain,
Un invisible doigt l'arrêtait sur sa lèvre.

Dans Béthanie, alors, partout, jeunes et vieux
Eurent peur de cet homme ; il passait seul et grave ;
Et le sang se figeait aux veines du plus brave,
Devant la vague horreur qui nageait dans ses yeux.

Ah ! qui dira jamais ton étrange supplice,
Revenant du sépulcre où tous étaient restés !
Qui revivais encor, traînant dans les cités
Ton linceul à tes flancs serré comme un cilice !

Pâle ressuscité qu'avaient mordu les vers,
Pouvais-tu te reprendre aux soucis de ce monde,
O toi qui rapportais dans ta stupeur profonde,
La science interdite à l'avide univers !

La mort eut-elle à peine au jour rendu sa proie,
Dans l'ombre tu rentras, spectre mystérieux,
Passant calme à travers les peuples furieux,
Et ne connaissant plus leur douleur ni leur joie.

Dans ta seconde vie, insensible et muet,
Tu ne laissas chez eux qu'un souvenir sans trace.
As-tu subi deux fois l'étreinte qui terrasse,
Pour regagner l'azur qui vers toi refluait?

— Oh! que de fois, à l'heure où l'ombre emplit l'espace,
Loin des vivants, dressant sur le fond d'or du ciel
Ta grande forme aux bras levés vers l'Éternel;
Appelant par son nom l'ange attardé qui passe;

Que de fois l'on te vit dans les gazons épais,
Seul et grave, rôder autour des cimetières,
Enviant tous ces morts qui, dans leurs lits de pierres
Un jour s'étaient couchés pour n'en sortir jamais!

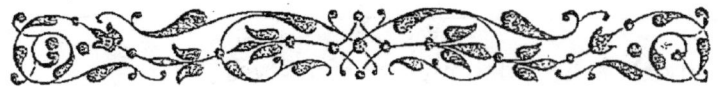

L'INVISIBLE LIEN.

L'invisible lien, partout dans la nature,
Va des sens à l'esprit et des âmes aux corps.
Le chœur universel veut de la créature
Le soupir des vaincus ou le rire des forts.

L'invisible lien va des êtres aux choses,
Unissant à jamais ces ennemis mortels,
Qui, dans l'anxiété de leurs métamorphoses,
S'observent de regards craintifs ou solennels.

L'invisible lien, dans les ténèbres denses,
Dans le scintillement lumineux des couleurs,
Éveille les rapports et les correspondances
De l'espoir au regret, et du sourire aux pleurs.

L'invisible lien, des racines aux sèves,
Des sèves aux parfums, et des parfums aux sons,
Monte, et fait sourdre en nous les formes de nos rêves
Parfois pleins de sanglots, et parfois de chansons.

L'invisible lien, de la terre aux étoiles
Porte le bruit des bois, des champs, et de la mer,
Chantant comme les cœurs radieux et sans voiles,
Hurlant comme les cœurs pleins des feux de l'enfer.

L'invisible lien, de la mort à la vie,
Fait refluer sans cesse, avec le long passé,
L'angoisse séculaire en notre âme assouvie
Et l'amour du néant sans cesse repoussé.

LE REMOUS.

Tout se tait maintenant dans la ville. Les rues
Ne retentissent plus sous les lourds tombereaux.
Le gain du jour compté, victimes et bourreaux
S'endorment en rêvant aux richesses accrues ;
Nulle clarté ne luit à travers les carreaux.

Tous dorment en rêvant aux richesses lointaines.
On n'entend plus l'argent tomber sur les comptoirs ;
Parfois, dans le silence, un pas sur les trottoirs
Sonne, et se perd au sein des rumeurs incertaines.
Tout est désert : marchés, théâtres, abattoirs.

Tout bruit se perd au fond d'une rumeur qui roule.
Seul, aux abords vivants des gares, par moment,
Hurle en déchirant l'air un aigu sifflement.
La nuit passe. Son ombre étreint comme une foule.
— Oh ! ces millions d'yeux sous le noir firmament !

La nuit passe. Son ombre étreint comme un mystère;
Sous les cieux déployant son crêpe avec lenteur,
Elle éteint le sanglot de l'éternel labeur;
Elle incline et remplit le front du solitaire;
Et la vierge qui dort la laisse ouvrir son cœur.

Voici l'heure où le front du poëte s'incline;
Où, comme un tourbillon d'abeilles, par milliers
Volent autour de lui les rêves familiers
Dont l'essaim bourdonnant par instants s'illumine;
Où dans l'air il surprend des frissons singuliers.

L'insaisissable essaim des rêves, qui bourdonne,
L'entoure, et dans son âme, où l'angoisse descend,
S'agite et s'enfle, avec un reflux incessant,
La houle des désirs que l'espoir abandonne :
Amour, foi, liberté, mal toujours renaissant.

Comme une houle immense où fermente la haine
De la vie, en son cœur plus sombre qu'un cercueil,
Déferle et vient mourir contre un sinistre écueil,
L'incurable dégoût de la clameur humaine
Dont la nuit au néant traîne le vain orgueil!

LES RHYTHMES.

Rhythme des robes fascinantes,
    Qui vont traînantes,
Balayant les parfums au vent,
Ou qu'au-dessus des jupes blanches
    Un pas savant
Balance et gonfle autour des hanches!

Arbres bercés d'un souffle frais
    Dans les forêts,
Où, ruisselant des palmes lisses,
Tombent des pleurs cristallisés
    Dans les calices
Roses encor de longs baisers!

Soupir des mers impérissable,
        Qui sur le sable,
Dans l'écume et dans les flots bleus
Roules l'amas des coquillages;
        Flux onduleux
Des lourdes lames vers les plages!

Air plaintif d'instruments en chœur
        Qui prends le cœur,
Et, traversant la symphonie,
Nais ou meurs, sonore ou noyé
        Dans l'harmonie,
Et reviens sourd ou déployé!

Hivers, Printemps, Étés, Automnes,
        Jours monotones,
Souvenirs toujours rajeunis;
Mêmes rêves à tire d'ailes,
        Loin de leurs nids
Poursuivis de douleurs fidèles!

De désirs fous vous m'emplissez;
        Vous me versez
La soif ardente des mirages,
Reflets d'un monde harmonieux!
        Et vos images
Se confondent devant mes yeux:

Rhythme lent des robes flottantes,
Forêts chantantes,
Houles des mers, lointaines voix,
Airs obsédants des symphonies,
Jours d'autrefois,
O vous, extases infinies!

LES ÉCUSSONS.

Clorinde a les yeux clairs et froids comme l'acier,
Qu'indignent les aveux, qu'allument les mains jointes ;
Elle habite l'orgueil comme un donjon princier ;
Et son regard, pareil au fer d'un justicier,
Sait plus loin dans les cœurs enfoncer mille pointes.

Jane a les yeux profonds, obscurs comme les trous
Que sur les hauts remparts braquent les coulevrines.
Quand, lourds de voluptés ils se fixent sur nous,
Entre leurs cils serrés flotte un nuage roux,
Et deux vides brûlants restent dans nos poitrines.

Alice a dans les yeux l'éclat des pièces d'or ;
Et ce n'est point au cœur que sondent leurs silences.
Ils semblent soupeser quelque secret trésor ;
Et sans cesse inquiets, ils oscillent encor,
Comme font les plateaux des parfaites balances.

Les yeux pâles d'Hermine ont les vagues clartés
Des cierges dans le jour que le vitrail décalque.
Confesseurs des désirs benoîtement quêtés,
Ils leur versent le deuil et les lividités
Des lampes que l'on range autour d'un catafalque.

Les yeux de Julia sont les feux incertains
Des lanternes qu'on cache entre d'épais feuillages, –
Sur le seuil d'une auberge aux buveurs clandestins,
Ou ressemblent encore à ces soleils éteints
Embourbés dans les joncs des fiévreux marécages.

Mais, Hélène! tes yeux sont comme deux gardiens
De toi-même ignorés, fils des blancheurs premières;
Innocence! ô candeur des chastes entretiens!
Quels yeux déjà ternis pourraient percer les tiens,
Ces deux grands boucliers faits de pures lumières!

IMPERIA.

A MON AMI A. MAINGARD.

Sur le divan, pareille à la noire panthère
Qui se caresse aux feux du soleil tropical,
De son fauve regard enveloppant le bal,
Elle emplit de parfums le boudoir solitaire.
Elle rêve affaissée au milieu des coussins ;
Et sa narine s'enfle, et se gonflent ses seins
Au rhythme langoureux de la valse lointaine.
Les rires étouffés, les longs chuchotements
Qui voltigent sans cesse à l'entour des amants,
Relèvent le dédain de sa lèvre hautaine.
Tranquille, dans la nuit où se plonge son cœur,
Sphinx cruel, elle attend son Œdipe vainqueur.

Elle hait les aveux et les paroles vaines,
Les serments, les propos sans fin, les mots d'amour.
Reine muette, elle a pour ces flatteurs d'un jour
Le mépris sans pitié des grandeurs souveraines.
Dardant ses larges yeux sous son front olympien,
D'un regard elle veut qu'on devine le sien.
Car elle saura lire au fond de ce silence
Chargé des mêmes mots qui dorment dans ses yeux,
Et mêlera sa flamme aux feux mystérieux
Qui sauront pénétrer sa sinistre indolence.
Sans répondre, elle écoute aux aguets, sous son fard,
Des vulgaires don Juans tourner l'essaim bavard.
Dans les plis fastueux du velours elle ondule;
Et, de son pied lascif agaçant le désir,
Mêle avec le refus ou l'offre du plaisir
La rougeur de la honte au sourire crédule.
Aux profondes senteurs qui baignent tout son corps,
Elle enivre les fronts asservis sans efforts;
Et de ses noirs cheveux, de sa gorge animée,
De ses jupons parfois savamment soulevés,
Sortent les espoirs fous, les tourments ravivés
De l'alcôve entrevue et brusquement fermée.
Telle, exerçant sa force, au cœur des imprudents
Elle aiguise à ces jeux ses ongles et ses dents.
Mais, quand elle aura vu dans un œil fixe et sombre,
Se réfléchir l'ardeur de son rêve muet,
Et dans ce long regard tressaillir le reflet
D'une âme tout entière émergeant vers son ombre;
Longtemps de ses grands yeux l'effluve ira vers lui;
Puis, quand l'éclair dernier entre eux aura relui,

Sans dire un mot, gardant le secret de sa joie,
Se repaissant déjà de sa férocité,
Souple, la fascinant de sa tranquillité,
Calme, à pas lents, alors elle ira vers sa proie.

CE SOIR.

Comme à travers un triple et magique bandeau,
— O nuit! ô solitude! ô silence! — mon âme
A travers vous, ce soir, près du foyer sans flamme,
Regarde par delà les portes du tombeau.

Ce soir, plein de l'horreur d'un vaincu qu'on assaille,
Je sens les morts chéris surgir autour de moi.
Leurs yeux, comme pour lire au fond de mon effroi,
Luisent distinctement dans l'ombre qui tressaille.

Derrière moi, ce soir, quelqu'un est là, tout près.
Je sais qu'il me regarde, et je sens qu'il me frôle.
Quelle angoisse! Il est là, derrière mon épaule.
Si je me retournais, à coup sûr je mourrais!

Du fond d'une autre vie, une voix très-lointaine
Ce soir a dit mon nom, ô terreur ! Et ce bruit
Que j'écoute — ô silence ! ô solitude ! ô nuit ! —
Semble être né jadis, avec la race humaine !

OBSESSION.

Beaux yeux, charmeurs savants, flambeaux de notre vie,
Parfum, grâce, front pur, bouche toujours ravie,
O vous, tout ce qu'on aime ! O vous, tout ce qui part !
Non, de vous rien ne meurt pour l'âme inassouvie
Quand vous laissez la nuit refermer son rempart
Sur l'idéal perdu qui va luire autre part.

Beaux yeux, charmeurs savants, clairs flambeaux ! dans nos vein
A jamais nous brûlant du mal des larmes vaines,
Vous versez lentement tous vos philtres amers.
Nous puisons aux clartés des prunelles sereines,
Comme au bleu des beaux soirs, comme à l'azur des mers,
Le vertige du vide et des gouffres pervers.

Parfum, grâce, front blanc, rire ! en nous tout se grave,
Plus enivrant, plus pur, plus doux et plus suave.
Du fond noir du passé le désir éternel
Les évoque ; et sur nous, comme autour d'une épave
Les monstres de la mer et les oiseaux du ciel,
S'acharne et se repaît le souvenir cruel.

Tout ce qu'on aime et qui s'enfuit ! mensonges, rêves,
Tout cela vit, palpite, et nous ronge sans trêves.
Vous creusez dans nos cœurs, extases d'autrefois,
D'incurables remords hurlant comme les grèves.
Dites, dans quel Léthé peut-on boire une fois
L'oubli, l'immense oubli ? répondez cieux et bois !

Non, tout n'est pas fini pour l'âme insatiable ;
Mais dans quel paradis, dans quel monde ineffable,
La chimère jamais dira-t-elle à son tour :
« C'est moi que tu poursuis, et c'est moi l'impalpable ;
« Regarde ! j'ai le rhythme et le divin contour ;
« C'est moi qui suis le beau, c'est moi qui suis l'amour ? »

Quand vous laissez la nuit se refermer plus noire
En nos cœurs, quel démon au fond de la mémoire
Rallume les flambeaux, et, joyeux tourmenteur,
Des jours ressuscités recompose l'histoire ?
Quand nous verserez-vous le repos contempteur,
Astres toujours riants du ciel toujours menteur ?

Cet idéal perdu que le hasard promène,
Un jour, là-haut, bien loin de la douleur humaine,
L'étreindrons-nous enfin de nos bras, dans la paix
Du bonheur, dans l'oubli du doute et de la haine?
Ou, comme ici, fuyant dans le brouillard épais,
Nous crîra-t-il encor : Plus loin! plus tard! jamais!

Oui, nous brûlant toujours d'une flamme inféconde,
Rire enivrant, front pur, grâce, senteur profonde,
Tout cela vit, palpite et nous ronge de pleurs.
Mais dans quelle oasis, sous quels cieux, dans quel monde,
Au fond de la mémoire éclorez-vous, ô fleurs
Du rêve où meurt l'écho lointain de nos douleurs!

LA RÉVÉLATION DE JUBAL.

A MON AMI ÉMILE BELLIER.

I

Hommes des jours tardifs, en germe dans le temps !
Sous l'amoncellement des siècles, dont l'écume
Aussi vous rongera sur le bord de la brume
Où sombrent tour à tour les peuples haletants,
O vous, qui trouverez ceci ; races futures,
Hommes des jours derniers, mais voués aux tortures
Premières ; ô mes fils ! ô martyrs comme nous
Du mal de vivre, accru par l'amas des années !
Vous qui, lassés aussi de ployer les genoux,
Traînerez vers l'enfer vos lentes destinées,
Mais non plus le front ceint de notre jeune orgueil !
Quand ce long avenir qui tourne dans mon œil
Sera pour vous noyé dans le confus mirage
Du passé souriant, fils d'Adam, fils du Mal,
Écoutez ! — car voici, dans le premier naufrage
Du monde, ce que seul j'aurai su, moi, Jubal !

II

Moi, Jubal, le dernier de ceux qui par les villes,
Fiers et tristes, en proie aux rires envieux,
Sur la harpe chantaient la gloire des aïeux ;
Qui par-dessus les cris des multitudes viles,
Comme un fleuve sonore épanchant leur mépris,
Se renvoyaient l'écho des hymnes désappris.
Moi, maudit comme eux tous par la foule en ce monde,
Et pour avoir vécu, dans l'autre aussi maudit,
Comme vous, héritiers d'une race féconde,
Sortis du vaisseau lâche à nous tous interdit ;
Moi, le dernier chanteur, moi, le dernier prophète
Des premiers temps, qui vais mourir là, sur le faîte,
De l'Ararat, seul pic oublié par les eaux ;
A vous, hommes des jours qui sont encore en rêve,
Par delà le néant où vont pourrir mes os,
Je parle ; écoutez-moi, race d'Adam et d'Ève !

III

Race d'Adam et d'Ève ! ici, sur ce roc noir,
J'ai vu le dernier flot, la dernière rafale,

Poussant alors vers Dieu leur clameur triomphale,
Rouler mort dans le fond d'un avide entonnoir
Le dernier des mortels condamnés au déluge.
Mais je ne cherchais pas sur ce roc un refuge
Contre l'irrévocable arrêt du Créateur;
Non, je n'étais monté si haut, je le proclame,
Que pour mieux admirer, tranquille spectateur,
La fureur monstrueuse et sans fin de la lame,
Vers les gloires de l'homme et l'orgueil des cités,
Sans trêve déferlant sur leurs iniquités.
Tout embrasser, tout voir, telle était mon envie,
Avant d'être à jamais comme eux tous englouti.
Dans toutes ses douleurs j'avais sondé la vie;
Mon œil sous le dégoût s'était appesanti.

IV

Mon œil appesanti promenait sur la terre
Le terne désespoir du cercle parcouru.
Les hôtes de mon cœur avaient tous disparu,
Desséchés en naissant sous le vent délétère
Qui corrodait partout le globe fatigué.
Sur ses hideux autels le Mal n'était plus gai;
Et l'orgueil restait seul de mourir sans prière.
Donc, sitôt que le ciel, le jour étant venu,
Comme un œil refermant son immense paupière,
Se voila tout à coup d'un nuage inconnu;

Sitôt que Celui-là qui nous créa sans pactes,
Entr'ouvrit sur nos fronts ses sombres cataractes,
Comprenant qu'il voulait noyer tout l'univers,
Je montai devant l'eau sur ce rocher sublime,
Et victime en extase, et jusqu'au bout pervers,
Je regardai sombrer le monde dans l'abîme.

V

Dans l'abîme à la fin, pêle-mêle et bien mort,
Gisait l'amas impur des races primitives.
Le flot démesuré des vengeances hâtives
Se taisait, n'ayant plus de rive ni de bord.
Je ne voyais plus rien de mon haut promontoire,
Rien que la vaste mer et sa funèbre gloire,
Où les éclairs muets aussitôt s'éteignaient.
Je n'apercevais plus ni villes écroulées,
Ni temples de porphyre et de marbre, où régnaient
Les idoles, au fond du néant refoulées.
Les géants sur les monts, se répondant entre eux,
Debout, ne dressaient plus au loin leurs fronts affreux.
Aux lueurs de la foudre, effrayants, dans les nues
Ils ne souffletaient plus l'orage avec leurs bras;
Aucun rugissement dans leurs poitrines nues
Ne grondait. Ils flottaient immobiles, là-bas.

VI

Immobiles, là-bas, dans les varechs énormes,
Avec les éléphants pareils à des îlots,
Avec les monstrueux reptiles, sur les flots,
Roides, ils surnageaient, confondus et difformes.
Et les fils de la femme, innombrables, jadis
A l'image de Dieu rêvés au paradis,
Au milieu de l'écume et des débris du monde,
Entre-choquant sans bruit tous leurs cadavres mous,
De tous les vils rebuts étaient le plus immonde.
Ils tournoyaient avec de furieux remous,
Ces rois, ces peuples fiers, maintenant formes vaines,
Et le prodigieux gonflement de leurs veines
Était terrible à voir aux clartés de l'éclair.
Mais nul cri n'en sortait, nul sanglot, nul blasphème.
Soudain, le vent se tut ; sur l'Océan, dans l'air,
Un lugubre silence emplit l'espace blême.

VII

L'espace blême alors pris d'immobilité,
Rayonnant vers mon cœur comme vers une cible,

L'étreignit tout entier d'une horreur indicible.
Oh! qu'étaient le fracas et la férocité
Des vagues harcelant les villes séculaires?
Qu'étaient les hurlements des vents, et les colères
De la foudre à travers le grand ciel sans remords
Devant l'épouvantable effroi de ce silence
Où montait l'écœurante exhalaison des morts?
L'angoisse, dans mon sein entra comme une lance,
De ne sentir ici de vivant que moi seul
Sous cet universel et rigide linceul.
Et des quarante jours l'ensemble insupportable
Vers moi remonta comme un vertige odieux.
Le ciel de plomb, mon âme et la mer lamentable
Tournèrent sur ma tête, et je fermai les yeux.

VIII

Fermant les yeux, j'allais au fond de l'eau livide
M'élancer réclamant la mort qui m'oubliait,
Quand j'entendis en haut une voix qui criait :
« Jusqu'au plafond du ciel la mer remplit le vide;
Ce qui fut l'homme est à jamais enseveli;
Et maintenant, Seigneur, ton ordre est accompli! »
Et je vis un grand trou d'azur, large prunelle
Ouverte sur la nuit où la voix se perdait;
Et par cette embrasure où s'appuyait son aile,
Un ange qui passait la tête et regardait;

Et sa main sur les eaux étendit une palme.
Alors, au même instant, vers cet ange à l'œil calme,
Passa sur moi, rayant l'air de son sifflement,
Un triple éclat de rire, effroyable dans l'ombre,
Plein d'envie et de joie, et tel, qu'horriblement
S'ouvrirent les yeux blancs de tous les morts sans nombre.

IX

Sans nombre tous les morts, sur la mer accoudés,
Les cheveux hérissés de terreur, écoutèrent.
Les rideaux de la nuit près de moi s'écartèrent,
Et je vis, le front pâle, et les yeux corrodés
Par l'incurable angoisse et l'éternelle haine,
Un être qui dressait sa taille surhumaine.
Debout, sur le sommet du monde, au plus profond
De l'espace, il plongea son regard dur et rouge ;
Et, sinistre, il cria sous le ciel bas et rond :
« Ah ! tout est donc fini, mon Maître ! et rien ne bouge !
Et rien ne revivra, puisque Dieu se repent !
Le conseil était bon de l'antique serpent,
Et je triomphe enfin ! Sur le silence morne
De ta création, et sur sa vanité,
Je redresse à la fin, dans ma haine sans borne,
De l'orgueil foudroyé l'immortelle fierté !

X

« Ma fierté se redresse et ma honte est vengée,
Puisqu'il s'est abîmé ton rêve de six jours ;
Avec ses dieux, avec ses villes, ses amours,
Puisque la race humaine est maintenant plongée
Sous ta propre colère, et sans voix, et sans cris,
Moi debout, je regarde, et consolé, je ris.
Tu te repens ; et moi je ris ! et la nuit noire
Où je rentre, entraînant ce monde d'un moment,
Retentira toujours vers ton ciel dérisoire
Au formidable éclat de mon ricanement ! »
— L'ange calme vers lui leva son œil candide.
L'impossible pitié ternit son front splendide ;
Mais au loin, de son doigt d'où jaillit un rayon,
Lui montrant un point noir comme une tour en marche :
« Regarde ! lui dit-il. Là-bas, à l'horizon,
L'avenir reconquis flotte entier dans cette arche ! »

XI

— Vers cette arche Satan rugit. Et dans sa voix
Toute une éternité de haine terrassée,

De désespoir brûlé par la bave amassée,
S'exhala de son sein prophétique, à la fois.
« Puisque tu te repens aussi de ta colère,
Et qu'un monde nouveau, sous le ciel qui s'éclaire,
Surnage, en germe encor, sous le flot épanché;
Puisque tu te repens, destructeur de ton œuvre,
Sur ton œuvre déjà créateur repenché,
Et qu'un monde nouveau, promis à la couleuvre
Du mal indestructible, est dans ce noir berceau!
Puisque tout va renaître et va porter le sceau
Du vieil Adam flétri par la première tache;
C'est bien! je recommence encor la lutte aussi,
Et ma haine renaît et sur tout se rattache,
Puisque tout va revivre et blasphémer ici!

XII

« Ici tout va revivre et blasphémer encore!
Moi, l'esprit renaissant du mal inassouvi,
Moi, qui ne puis aimer, hélas! je suis ravi,
Maître, par l'avenir de la nouvelle aurore.
Encor bien mieux vengé, je rentre dans l'enfer!
Le mal inassouvi, par la flamme et le fer,
Par l'envie et la haine, et par l'amour qui brûle,
Demain, dans les anciens péchés replongera
Les peuples qui naîtront de cet œuf ridicule.
Un air maudit toujours sur eux tous pèsera.

Pour le vice et le meurtre ils vivront; et toi-même
Tu feras de nouveau flamboyer l'anathème
Sur l'importun écho de leurs corruptions.
C'est une impureté, mon Maître, qu'un nom d'homme!
Et le nouvel arrêt des malédictions
S'allumera bientôt sur Gomorrhe et Sodome.

XIII

« Sur Gomorrhe et Sodome en flamme, après Babel,
J'entends déjà gronder la vengeance céleste;
Et le feu, la folie, et la guerre, et la peste,
Attesteront partout le meurtrier d'Abel
Toujours jeune et toujours puni par Dieu qui passe.
Le sol va reverdir et parfumer l'espace
De ses vertes senteurs comme au premier matin;
Le sol va refleurir sous tes rayons splendides,
O soleil! mais aussi, sous l'œil noir du destin,
L'homme et son cœur rongés de passions sordides,
Par-dessus le sommet de l'Ararat vermeil
Exhaleront l'odeur des fumiers, ô Soleil!
Et tous les fils d'Abram, pullulant dans le crime,
Se ruant à travers chaque âge tout sanglant,
Vers mon royaume avide, à jamais dans l'abîme
Engloutis, vomiront leurs âmes en hurlant.

XIV

« Les hommes en hurlant, dans la nuit déjà pleine,
Sauf quelques-uns, ô Père irrité, tournoîront.
De jour en jour, de siècle en siècle, ils tomberont
Par milliers, pêle-mêle, au fond de la géhenne.
Alors, las à la fin de lever nuit et jour
Sur eux et sur leurs dieux adorés tour à tour,
Épouvantail vieilli, l'effroi nu de ton glaive,
Tu voudras essayer, dans un homme incarné,
De révéler toi-même au vieux monde ton rêve.
Mais, sur ton Fils divin encor plus acharné,
Ton peuple raillera l'arbre saint du Calvaire;
Et le doux rédempteur, pleurant sa larme amère,
Mourra désespéré sur sa croix, n'ayant fait
Que rendre désormais les hommes plus coupables.
Le mal vivra toujours sur la terre en effet,
Et partout aiguisant ses griffes innombrables.

XV

« Innombrables, partout, dans les chairs, dans les cœurs,
Par mille trous nouveaux, il entrera ses griffes;

Et les peuples encor, conduits par leurs pontifes,
Se traîneront hideux, sans espoirs, sans terreurs,
Et plus courbés cent fois sous le poids de leurs âmes.
Pour en finir avec les hommes et les femmes
Dont le gémissement s'allonge sous tes lois,
Peut-être un jour, après des millions d'années,
Tu diras : « Que la nuit se fasse ! » Et cette fois,
Dans la flamme ou dans l'eau, pour jamais condamnées,
Les générations périront sans appel.
Mais le chemin, ô Maître ! est ardu de ton ciel.
Peu d'âmes près de toi siégeront sous leurs nimbes,
Tandis qu'ils seront pleins, mes États, par la mort.
Et l'éternel sanglot des enfers et des limbes,
Montant vers toi, sera ton éternel remord ! »

XVI

— Son éternel remords ! A ce terrible augure
L'ange a-t-il répondu ? Je ne sais. Dans la nuit
Un coup d'aile fouetta l'espace avec grand bruit,
Et dans les flots le vent de l'immense envergure
Me lança. Pour mourir j'y fis de vains efforts.
Ici la mer, cent fois, a rejeté mon corps ;
Toujours mon glaive aussi contre mon cœur s'arrête.
Épouvanté, depuis bien des soleils j'attends,
Sur ce pic hors de l'eau dressant sa sombre arête.

Pour vous, hommes des jours qui sortiront du temps,
O frères inconnus des époques futures,
Moi, Jubal, qui savais les sciences obscures,
J'ai gravé ces mots-là dans l'horreur entendus,
Sur les seize parois dont ce pic se hérisse.
Un jour, si leurs secrets ne sont alors perdus,
Si jamais l'un de vous les trouve, qu'il frémisse !

TROP LOIN

Mon âme est un pays plus lointain que la Chine,
Ma chère! Et c'est en vain que vers moi méchamment
Tu tournes tes yeux froids pour y lire un tourment.
O femme! trois fois femme! ô cruelle machine!
Rallume-les, tes yeux, aux yeux d'un autre amant!
Mais n'espère jamais que l'ancien s'en émeuve.
Si tu veux voir saigner mon cœur, tu perds ton temps.
Ton manége est trop vieux, ta ruse n'est pas neuve,
Et c'est la loi banale, et je n'ai plus vingt ans.
Ton regard glisse en vain par-dessus ton échine.
Mon âme est un pays plus ancien que la Chine,
Mille fois plus peuplé de jaloux habitants,
Qni dans un fleuve jaune, en éclatant de rire,
Jettent leurs nouveau-nés, comme font les Chinois.

Trop de monstres caducs grincent dans cet empire,
Ma chère! Et je souris de voir tes yeux sournois
Comme des fers aigus dardés vers ma poitrine.
Mon âme est un pays muré comme la Chine!

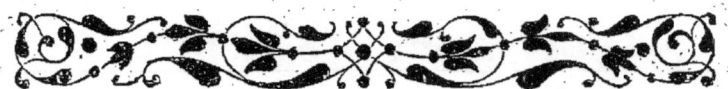

LES FILAOS

A THÉODORE DE BANVILLE.

Là-bas, au flanc d'un mont couronné par la brume,
Entre deux noirs ravins roulant leurs frais échos,
Sous l'ondulation de l'air chaud qui s'allume,
Monte un bois toujours vert de sombres filaos.
Pareil au bruit lointain de la mer sur les sables,
Là-bas, dressant d'un jet ses troncs roides et roux,
Cette étrange forêt aux douleurs ineffables,
Pousse un gémissement lugubre, immense et doux.
Là-bas, bien loin d'ici, dans l'épaisseur de l'ombre,
D'un frisson nonchalant pris sans trêve, à jamais,
Ces filaos songeurs, croisant leurs nefs sans nombre,
Hérissent vers le ciel leurs flexibles sommets.
Le vent frémit sans cesse à travers leurs branchages,
Et prolonge en glissant sur leurs cheveux froissés,

Pareil au bruit lointain de la mer sur les plages,
Un chant grave et houleux dans les taillis bercés.
Des profondeurs du bois, et rampant de la plaine,
Du matin jusqu'au soir, sans relâche, on entend
Dans la ramure frêle une sonore haleine,
Qui naît, monte, s'emplit, se déroule et s'étend
Sourde ou retentissante, et d'arcade en arcade
Se perd vers les confins noyés de brouillards froids,
Comme le bruit lointain de la mer dans la rade
S'allongeant sous les nuits pleines de longs effrois.
Et par delà les troncs tendant leurs grêles branches
Au revers de la gorge où pendent les mouffias,
L'on aperçoit au loin, semés de taches blanches,
Sous les nappes de feu qui petillent en bas,
Les champs jaunes et verts descendant aux rivages,
Puis l'Océan qui brille et monte vers le ciel.
Nulle rumeur humaine à ces hauteurs sauvages
N'arrive. Et ce soupir, ce murmure éternel,
Pareil au bruit lointain de la mer sur les côtes,
Épand seul le respect et l'horreur à la fois
Dans l'air religieux des solitudes hautes.
C'est ton âme qui souffre, ô forêt! C'est ta voix
Qui gémit tristement dans ces mornes savanes.
Et dans l'effarement de ton propre secret,
Exhalant ton arôme aux éthers diaphanes,
Sur l'homme, ou sur l'enfant vierge encor de regret,
Sur tous ses vils soucis, sur ses gaîtés naïves,
Tu fais chanter ton rêve, ô bois! Et sur son front,
Pareil au bruit lointain de la mer sur les rives,
Roule ton froissement solennel et profond.

Bien des jours sont passés et perdus dans l'abîme
Où tombent tour à tour joie, espoir, et sanglot;
Bien des foyers éteints qu'aucun vent ne ranime,
Gisent ensevelis dans nos cœurs, sous le flot
Sans pitié ni reflux de la cendre fatale;
Depuis qu'au vol joyeux de mes songes j'errais,
O bois éolien! sous ta voûte natale,
Seul, écoutant, au fond de tes sombres retraits,
Pareille au bruit lointain de la mer sur les grèves,
Ta respiration onduleuse et sans fin.
Dans le sévère ennui de nos vanités brèves,
Fatidiques chanteurs au douloureux destin,
Vous épanchiez sur moi votre austère pensée;
Et tu versais en moi, fils craintif et pieux,
Ta grande âme, ô nature! éternelle offensée!
Là-bas, bien loin d'ici, dans l'azur, près des cieux,
Vous bruissez toujours au penchant des ravines;
Et par delà les mers, du fond des jours passés,
Vous m'emplissez encor de vos plaintes divines,
Filaos chevelus, d'un souffle lent bercés!
Et plus haut que les cris des villes périssables,
J'entends votre soupir immense et continu,
Pareil au bruit lointain de la mer sur les sables,
Qui passe sur ma tête et meurt dans l'inconnu!

LA NUIT DE JUIN

A J.-M. DE HEREDIA.

La nuit glisse à pas lents sous les feuillages lourds ;
Sur les nappes d'eau morte aux reflets métalliques,
Ce soir traîne là-bas sa robe de velours ;
Et du riche tapis des fleurs mélancoliques,
Vers les massifs baignés d'une fine vapeur,
Montent de chauds parfums dans l'air pris de torpeur.
Avec l'obsession rhythmique de la houle,
Tout chargés de vertige, ils passent, emportés
Dans le morne soupir qui les berce et les roule.
Les gazons bleus sont pleins de féeriques clartés ;
Sur la forêt au loin pèse un sommeil étrange ;
Chaque rameau s'incline et pend comme une frange ;
Et l'on n'entend monter au ciel clair aucun bruit.
Mais une âme dans l'air flotte sur toutes choses,

Et, cédant au désir sans fin qui la poursuit,
D'elle-même s'essaye à ses métempsycoses.
Elle palpite et tremble, et comme un papillon,
A chaque instant, l'on voit passer dans un rayon
Une forme inconnue et faite de lumière,
Qui luit, s'évanouit, revient et disparaît.
Des appels étouffés traversent la clairière
Et meurent longuement comme expire un regret.
Une langueur morbide étreint partout les séves;
Tout repose immobile, et s'endort; mais les rêves,
Qui dans l'illusion tournent désespérés,
Voltigent par essaims sur les corps léthargiques
Et s'en vont bourdonnant par les bois, par les prés,
Et rayant l'air du bout de leurs ailes magiques.
— Droite, grande, le front hautain et rayonnant,
Majestueuse ainsi qu'une reine, traînant
Le somptueux manteau de ses cheveux sur l'herbe,
Sous les arbres, là-bas, une femme à pas lents
Glisse. Rigidement, comme une sombre gerbe,
Sa robe en plis serrés tombe autour de ses flancs.
Elle glisse, étendant la main sur les feuillages,
Et, tranquille, poursuit, sans valets et sans pages,
Son chemin tout jonché de fleurs et de parfums.
Comme sort du satin une épaule charnue,
La lune à l'horizon, hors des nuages bruns,
Languissamment se lève et monte large et nue.
Sa lueur filtre et joue à travers le treillis
Des feuilles; et, par jets arrosant les taillis,
Caresse, en la sculptant dans sa beauté splendide,
Cette femme aux yeux noirs qui se tourne vers moi

Enveloppée alors d'une auréole humide,
Elle approche à pas lents; et, plein d'un vague effroi,
Je sens dans ces grands yeux, dans ces gouffres sans flamme,
Avec de sourds sanglots sombrer toute mon âme.
Doucement sur mon cœur elle pose la main.
Son immobilité me fascine et m'obsède,
Et roidit tous mes nerfs d'un effort surhumain.
Moi qui ne sais rien d'elle, elle qui me possède,
Tous deux nous restons là, spectres silencieux,
Et nous nous contemplons fixement dans les yeux.

DOLOROSA MATER

Quand le rêveur en proie aux douleurs qu'il active,
Pour fuir l'homme et la vie, et lui-même à la fois,
Rafraîchissant son âme au chant des cours d'eau vive,
S'en va par les prés verts, par les monts, par les bois;

Refoulant dans son cœur la pensée ulcérée,
Un suprême désir de néant et de paix,
Profond comme la nuit, lent comme la marée,
En lui monte, et l'étreint de ses réseaux épais.

Il aspire d'un trait l'air de la solitude;
Il se couche dans l'herbe ainsi qu'en un cercueil,
Et lève ses regards chargés de lassitude
Vers le ciel, où s'éteint l'éclair de son orgueil.

Il promène ses yeux lentement par l'espace,
Errant des pics aigus aux cimes des forêts;
Suit l'oiseau, dont le vol tranquille les dépasse,
Et s'écrie, exhalant le flot de ses regrets :

— « O silence éternel! ô force aveugle et sourde!
Rocs noirs, prêtres géants de l'immobilité!
Bois sombres dont s'allonge au loin la masse lourde,
Geôliers qu'implore en vain la vieille humanité!

« C'est un ferment fatal que le sang de nos veines!
Le cœur trop ardemment dans la poitrine bat.
Haines, amours, désirs, rêves, passions vaines,
Tout meurtris de la lutte et lassés du combat!

« Tout ce qui fait, hélas! la vie et son supplice,
Nature, absorbe-le dans ton sommeil divin!
Que ta sérénité souveraine m'emplisse!
Abîme-moi, Nature insensible, en ton sein! »

— Ainsi, laissant couler sa dernière amertume,
Il gît, les bras en croix, dans l'herbe enseveli,
Comme un blessé perdant tout son sang s'accoutume
A la mort qui déjà le roule dans l'oubli.

Telle qu'un fol essaim d'invisibles phalènes,
Son âme en voltigeant s'éparpille dans l'air,
Plane sur les coteaux, et descend dans les plaines,
Plonge dans l'ombre et brille avec le rayon clair.

Elle est rocher, forêt, torrent, fleur et nuage,
Tout à la fois vapeur, parfum, bruit, mouvement,
Frémissement confus, bloc muet et sauvage;
Elle est fondue en toi, Nature, entièrement.

Mais partout elle voit la vie universelle
Affluer, tressaillir sous la forme; elle entend,
Sous l'ombre ou sous la flamme auguste qui ruisselle,
Le soupir éternel du globe palpitant.

Un arome puissant dans les foins verts circule;
Son corps nage au milieu d'une molle clarté.
Dans la brume odorante et dans le crépuscule,
Vers l'astre qui l'attire il se sent emporté.

La nuit vient, allumant les sphères innombrables.
Il sent rouler la terre, et vers le sourd destin
Il l'entend, par-dessus nos clameurs misérables,
Elle-même pousser un hurlement sans fin,

Qui s'élève, grandit, et monte, et tourbillonne,
Fait de chants, de sanglots, et d'appels incertains,
Et, dans l'abîme où l'œil des vieux soleils rayonne,
Se mêle aux grandes voix des univers lointains.

Ces mondes suspendus de tout temps dans le vide,
Il les voit tournoyer, il les entend gémir;
Il vit de leur pensée, et sur son front livide
Sent le mortel frisson de l'infini courir.

Il se lève, enivré d'un vertige effroyable
Sous cette angoisse immense, et sous la vision
De la vie infligée, ardente, impitoyable,
A l'amas effaré des corps en fusion.

— Fausse silencieuse! O Nature! — ô vivante!
Malheur à qui surprend ta grande âme; éperdu,
Vers la ville il rapporte et garde l'épouvante
Du soupir formidable en ton sein entendu!

LE GOUFFRE

Il est des gouffres noirs dont les bords sont charmants.
La liane à l'entour qui tapisse la lande
Se suspend aux parois et s'enroule en guirlande.
Tout couronné de fleurs aux mille chatoîments,
Je sais un gouffre noir sur la verte colline.
Des arbres odorants l'ombragent en entier,
Et l'on y vient joyeux par un riant sentier.
Parfois un souffle frais, rasant le sol, incline
Le feuillage agité d'un rapide frisson,
Et sous un vol léger de confuses paroles
Penchant les cloches d'or et les blanches corolles,
Verse à l'abîme, ainsi qu'un fidèle échanson,
Avec l'âme des fleurs, les gouttes de rosée.
Dans ce sinistre puits, ô larmes ! ô parfums !

Comme des espoirs morts ou des rêves défunts,
Pour qui donc tombez-vous ? De quelle urne brisée ?
De quel fleuve divin grossissez-vous le cours ?
Qui vous recueillera pour la source sacrée,
Vous éternel soupir, larme toujours pleurée ?
Un matin, — qu'ils sont loin de moi ces temps trop courts ! —
Un matin, j'admirais, l'âme neuve et ravie,
Tout cet enchantement de verdure et de fleurs
S'enroulant sur le vide et mêlant leurs couleurs.
Je m'enivrais de joie et d'arome et de vie.
Loin des bruits de la plaine et loin de tout regard,
Je laissais ma pensée indolente et distraite,
Sur les recoins ombreux de la fraîche retraite,
Avec les papillons voltiger au hasard.
Et le soleil, filtrant des arbres pacifiques,
Criblait de diamants ces fleurs sur ce fond noir ;
Si bien que l'on eût dit de ce large entonnoir
Un pan du firmament dans les nuits magnifiques.
Et pour sonder le fond du soupirail béant,
Pour réveiller l'écho de ses cavités sourdes,
J'y fis tomber cailloux, pierres et roches lourdes ;
Mais j'écoutais en vain. Comme dans le néant,
Tout s'abîmait. Nul bruit ne monta des ténèbres.
Un horrible frisson de pâleur et de froid
M'envahit tout à coup. Et je m'enfuis tout droit,
Souffleté par le vent des mystères funèbres.

L'ORGUEIL.

Monts superbes, dressez vos pics inaccessibles
Sur le cirque brumeux où plongent vos flancs verts !
Rocs noirs, dans le regret des élans impossibles,
Durcissez-vous au fond des volcans entr'ouverts !

— Hérisse, amer orgueil, ta muraille rigide
Sur le cœur par les yeux de la femme ulcéré !
Désirs inassouvis, sous cette fière égide,
Mornes, endormez-vous dans le néant sacré !

— L'antique orage habite, ô monts ! dans vos abîmes,
Et prolonge sans fin sous les cèdres vibrants
Les sonores échos de ses éclats sublimes,
Et des troncs fracassés qu'emportent les torrents.

— Orgueil, derrière toi l'amour est là, qui gronde
Toujours, et fait hurler l'ombre des rêves morts
Aux lugubres appels de l'angoisse inféconde,
Et des vieux désespoirs sombrant dans les remords.

— Sur les ébranlements, les éclairs, les écumes,
Pics songeurs, vous gardez votre sérénité.
Du côté de la plaine, ô monts! vierges de brumes,
Vos sommets radieux nagent dans la clarté.

— Sur les déchirements, les sanglots, les rancunes,
Fermez, orgueil, fierté, votre ceinture d'or.
Du côté de la vie aux rumeurs importunes
Reluisez au soleil, et souriez encor!

SOIR D'OCTOBRE

A CATULLE MENDÈS

Un long frisson descend des coteaux aux vallées ;
Des coteaux et des bois, dans la plaine et les champs,
Le frisson de la nuit passe vers les allées.
— Oh! l'angelus du soir dans les soleils couchants ! —
Sous une haleine froide au loin meurent les chants,
Les rires et les chants dans les brumes épaisses.
Dans la brume qui monte ondule un souffle lent ;
Un souffle lent répand ses dernières caresses,
Sa caresse attristée au fond du bois tremblant ;
Les bois tremblent ; la feuille en flocon sec tournoie,
Tournoie et tombe au bord des sentiers désertés.
Sur la route déserté un brouillard qui la noie,
Un brouillard jaune étend ses blafardes clartés ;
Vers l'occident blafard traîne une rose trace,

Et les bleus horizons roulent comme des flots,
Roulent comme une mer dont le flot nous embrasse,
Nous enlace, et remplit la gorge de sanglots.
Plein du pressentiment des saisons pluviales,
Le premier vent d'octobre épanche ses adieux,
Ses adieux frémissants sous les feuillages pâles,
Nostalgiques enfants des soleils radieux.
Les jours frileux et courts arrivent. C'est l'automne.
— Comme elle vibre en nous la cloche qui bourdonne! —
L'automne, avec la pluie et les neiges, demain
Versera les regrets et l'ennui monotone;
Le monotone ennui de vivre est en chemin!
Plus de joyeux appels sous les voûtes ombreuses;
Plus d'hymnes à l'aurore, et de voix dans le soir
Peuplant l'air embaumé de chansons amoureuses!
Voici l'automne! Adieu, le splendide encensoir
Des prés en fleurs fumant dans le chaud crépuscule.
Dans l'or du crépuscule, adieu, les yeux baissés,
Les couples chuchotants dont le cœur bat et brûle,
Qui vont la joue en feu, les bras entrelacés,
Les bras entrelacés quand le soleil décline.
— La cloche lentement tinte sur la colline. —
Adieu, la ronde ardente, et les rires d'enfants,
Et les vierges, le long du sentier qui chemine,
Rêvant d'amour tout bas sous les cieux étouffants!
— Ame de l'homme, écoute en frémissant comme elle
L'âme immense du monde autour de toi frémir!
Ensemble frémissez d'une douleur jumelle.
Vois les pâles reflets des bois qui vont jaunir;
Savoure leur tristesse et leurs senteurs dernières,

Les dernières senteurs de l'été disparu ;
— Et le son de la cloche au milieu des chaumières! —
L'été meurt; son soupir glisse dans les lisières.
Sous le dôme éclairci des chênes a couru
Leur râle entrechoquant les ramures livides.
Elle est flétrie aussi ta riche floraison,
L'orgueil de ta jeunesse ! Et bien des nids sont vides,
Ame humaine, où chantaient dans ta jeune saison
Les désirs gazouillants de tes aurores brèves.
Ame crédule ! Écoute en toi frémir encor,
Avec ces tintements douloureux et sans trêves,
Frémir depuis longtemps l'automne dans tes rêves,
Dans tes rêves tombés dès leur premier essor.
Tandis que l'homme va, le front bas, toi, son âme,
Écoute le passé qui gémit dans les bois.
Écoute, écoute en toi, sous leur cendre et sans flamme,
Tous tes chers souvenirs tressaillir à la fois,
Avec le glas mourant de la cloche lointaine!
Une autre maintenant lui répond à voix pleine.
Écoute à travers l'ombre, entends avec langueur
Ces cloches tristement qui sonnent dans la plaine,
Qui vibrent tristement, longuement dans ton cœur!

JOURNÉE D'HIVER

Nul rayon, ce matin, n'a pénétré la brume,
Et le lâche soleil est monté sans rien voir.
Aujourd'hui dans mes yeux nul désir ne s'allume;
Songe au présent, mon âme, et cesse de vouloir.

Le vieil astre s'éteint comme un bloc sur l'enclume,
Et rien n'a rejailli sur les rideaux du soir.
Je sombre tout entier dans ma propre amertume;
Songe au passé, mon âme, et vois comme il est noir!

Les anges de la nuit traînent leurs lourds suaires;
Ils ne suspendront pas leurs lampes au plafond;
Mon âme, songe à ceux qui sans pleurer s'en vont!

Songe aux échos muets des anciens sanctuaires.
Sépulcre aussi, rempli de cendres jusqu'aux bords,
Mon âme, songe à l'ombre, au sommeil, songe aux morts!

STELLA VESPERA

I

L'image de Florence en moi s'était dressée
Ce soir-là. De nouveau, j'y suivais en pensée
Les pas silencieux de Stella Vespera.
Sœur des merveilles d'art qu'un beau siècle inspira,
Elle m'avait charmé comme un pur marbre antique,
Et me hantait depuis, fantôme énigmatique.

On disait sa famille oubliée. Un secret
Cachait sa vie à tous. On ne la rencontrait
Que dans quelque musée illustre. Sur sa trace,
Comme un témoin souffert dont l'amour embarrasse,
Une vieille toujours traînait à quelques pas,
Les yeux fixés sur elle, et ne lui parlant pas,
Duègne ou mère, à la fois cerbère et protectrice,

Et tout en murmurant, soumise à son caprice.
Tous les jours, environ une heure avant le soir,
On la voyait venir dans les salles s'asseoir
En face d'un portrait de madone ou de dame
Qui d'un vieux maître avait absorbé la grande âme.
Elle restait ainsi, les bras croisés, couvrant
Le tableau d'un regard de défi, pénétrant
Et large, d'où partait vers la tête sans vie
Je ne sais quel éclair de dédain et d'envie.
Certe, avec ces chefs-d'œuvre au renom magistral,
Elle aurait, sans pâlir, pu lutter d'idéal;
Et moi-même, j'avais, au fond des galeries,
Caché dans quelque coin obscur des draperies,
Maintes fois contemplé cet entretien muet,
Antagonisme étrange où nul ne remuait
Du type impérissable et du type éphémère.
Chacun s'écartait d'elle, ainsi que de sa mère.
On lui donnait vingt ans à peine. Une clarté
Comme un rayonnement entourait sa beauté;
Et sa splendeur semblait éclater tout entière;
Mais se sculptait aussi, comme en un bloc de pierre,
Dans une incomparable et mortelle froideur.
Ceux que vers elle avait attirés trop d'ardeur
S'étaient sentis vaincus et terrassés sur place
Par une pesanteur de mépris et de glace
Qui tombait de ses yeux sans pareils. Son vrai nom,
Nul n'avait jamais pu l'apprendre, disait-on.
Comme elle apparaissait vers une heure tardive
Dans les palais, sans bruit, solennelle et pensive,
On l'appelait partout du nom mystérieux

De Stella Vespera. Personne, jeune ou vieux,
Par prière ou présent, n'avait obtenu d'elle
Qu'elle posât jamais devant lui pour modèle.
Elle n'aimait que l'art d'autrefois, et semblait
Fuir le peintre au travail devant un chevalet.

Les curieux, lassés d'un effort inutile,
La laissaient disparaître au bas d'un péristyle,
Dans l'ombre et dans la foule. On s'était contenté
De bâtir une fable autour de sa beauté.
On disait qu'autrefois, Stella, sans aucun voile,
Avait brillé, joyau d'un palais, sur la toile,
Rêve divin d'un prince inconnu du pinceau,
Et sans rival, parmi ceux qui portaient le sceau
Des maîtres plus heureux dont la gloire se nomme.
Pour ce corps insensible, on disait qu'un jeune homme
Un peintre florentin, plus tard, s'était épris
D'un amour insensé, mais fervent, dont le prix
Fut d'animer aussi cette autre Galatée.
Un soir qu'il l'appelait dans la salle écartée,
Il la sentit tomber dans ses bras doucement.
Quand il mourut, Stella, fidèle à son amant,
Fut prise du dégoût de sa métamorphose;
Et pour se rendormir dans sa première pose
Comme autrefois, au ciel d'un art patricien,
Voulut chercher son cadre et son palais ancien.
Mais soit qu'elle eût perdu la mémoire à cette heure,
Soit que le feu peut-être eût détruit sa demeure,
Elle ne put jamais les trouver. C'est ainsi
Que Stella, sous l'ardeur d'un unique souci,

Errait désespérée, et jalouse de celles
Qui dans l'orgueil serein des formes immortelles
De musée en musée insultaient son destin.

D'autres disaient encore et tenaient pour certain
Que l'art avait en elle un malfaisant génie,
Dont le regard, tombant sur une œuvre finie,
Changeait la toile exquise en rebut d'atelier.

Tel était à Paris le récit familier
Qui depuis mon retour m'obsédait, plus encore
Ce soir-là; car octobre, agitateur sonore,
Semait dans l'air les voix des souvenirs perdus.
Et ces détails en moi montaient plus assidus,
Tandis qu'avec Centi, sur la berge isolée,
Je suivais lentement quelque lointaine allée.
Je l'avoue; en tout temps je me suis abreuvé
Des choses d'outre-vie, et n'ai que trop rêvé.
Mais Centi, le grand peintre, avait jeté mon âme
Dans les mondes obscurs dont l'étreignait la trame;
Et dans ses mots, parfois, filtrait subtilement
Le dangereux levain d'un bizarre aliment,
Qui, bien loin du réel comme un corps qu'on délie,
Me roulait aux confins troublants de la folie.
Ce soir, en regardant sous la fraîcheur des eaux
Où les arbres en feu plongeaient leurs lourds faisceaux,
La brume s'épaissir autour de leurs portiques,
Je sentais que l'esprit des songes fantastiques
Dormait autour de nous. Par instinct, j'arrêtai
Le récit sur les bords de mes lèvres monté,

Pour ne pas réveiller ce tentateur tranquille.
Nous nous taisions, laissant derrière nous la ville.

Mon ami tout à coup dit, se tournant vers moi :
« Qu'est-ce que le génie, après tout? C'est ma foi
« Qu'il est évocateur, aussi bien que prophète ;
« Que ce qu'il croit créer est l'image parfaite
« D'un être que retient l'avenir ou la mort,
« Ou qui, peut-être aussi, se cache à son effort
« Bien loin ou près de lui, mais dans son heure même,
« De son art patient réalité suprême,
« Mais qu'un cercle défend, redoutable au désir,
« Fatale à qui la cherche, et la voudrait saisir !

— « Et suivant vous, Centi, lui dis-je, faut-il croire
« Comme une vérité ce dogme dérisoire? »

— Il se tut quelque temps, et, plus calme, reprit :
« L'art est un miroir clair pour un puissant esprit !
« L'ancêtre, dont le nom m'est un lourd héritage,
« Eut, dit-on, la folie et la gloire en partage.
« Mais c'est un fait, célèbre à Florence, jadis,
« Que cinquante ans après sa mort, sous Léon Dix,
« Dans cette même ville, on ne sait d'où venue,
« Vivait aux yeux de tous une femme inconnue,
« Laquelle était l'exact et merveilleux portrait
« De son chef-d'œuvre à lui, qu'un grand prince montrait
« Et que tous renommaient à l'égal d'un prodige.

— « Et qui donc le possède aujourd'hui? répondis-je.

— « Quelque vingt ans après son palais s'écroula
« Dans la flamme avec lui. Mais laissons tout cela,
« Venez bientôt me voir et parler de Florence.
« Je sens pour cette ville une étrange attirance ;
« Et pour m'en délivrer il faudra bien qu'un jour
« Dans la noble cité je m'éveille à mon tour. »

II

En rentrant, j'admirais à loisir, d'habitude,
Le riche encombrement du cabinet d'étude ;
Comme de vieux amis, je les connaissais bien
Ces dressoirs élégants de style italien ;
Ces ivoires jaunis, ces coupes, ces épées
Aux médailles d'acier par Cellini frappées ;
Ces bronzes florentins ; dans leurs cadres toscans
Ces bustes de Seigneurs aux grands airs provoquants,
Tous à leurs noirs pourpoints portant la même date.
Cette fois, je passai devant eux à la hâte,
Mais non sans me sentir brusquement traversé
Par la sensation d'un glorieux passé ;
Et les mots de Cenci sur Florence, la veille,
Me semblèrent encor tinter à mon oreille.

L'atelier m'attirait ; et du premier coup d'œil
Je demeurai cloué de stupeur sur le seuil,

Comme un halluciné devant l'ombre qui passe.
Sur cinq grands chevalets, et tous me faisant face,
Dans leurs cadres égaux reposaient cinq portraits
Qui du même visage éternisaient les traits.

Du plafond, tout autour, tombaient les masses lourdes
Et droites de tapis anciens, aux couleurs sourdes;
Et magnétiquement, je reportai les yeux
Vers les tableaux, enfants d'un art prestigieux
Sur lesquels un jour vif affluant dans la salle
Versait obliquement sa nappe triomphale.

Chacun semblait le but d'un effort différent.
L'on eût dit du premier quelque sombre Rembrandt.
C'étaient les mêmes fonds de noires atmosphères
Et d'obscurité chaude aux attrayants mystères;
Mais jamais le pinceau du maître hollandais
N'avait si loin poussé les ténèbres; jamais
Si merveilleusement il n'en creusa les ondes
Sous une transparence aux caresses profondes.
Quant au visage même, à peine il paraissait
Sur les bords de la nuit qui l'ensevelissait;
Mais en me rapprochant, contemplateur avide,
Quelque baigné qu'il fût par une ombre fluide
Jalouse des blancheurs qu'elle cachait au jour,
Quelque indécis que fût l'harmonieux contour
Du col à la poitrine où le sein vient de naître,
Il fallait bien aussi sur-le-champ reconnaître
Une noblesse éparse au sommet de ce front,

Dans les vagues lueurs qui plus bas se fondront ;
Une suavité dans cette chevelure
Onduleuse ; une grâce enfantine et si pure
Sur ces lèvres ; partout, sur ce visage enfin,
Une virginité de calme séraphin,
Une fleur de jeunesse, une aristocratie
De rêve, s'unissant dans sa gloire adoucie
A la solennité d'une apparition,
Dont Rembrandt n'a jamais cherché l'impression.

Concevez à présent cette confuse image
S'avançant de degrés en degrés, d'âge en âge,
De toile en toile, vers la lumière et vers vous ;
Du fond de ces vapeurs au rayonnement roux,
Voyez-la s'imprégner chaque fois d'une vie
Plus intense, toujours à l'ombre plus ravie,
Virginale toujours, mais femme cependant
De plus en plus, plus fière aussi vous regardant,
Et des limbes premiers de son adolescence
Arrivant dans l'essor de sa jeune puissance
Jusqu'à l'éclosion enfin d'une beauté
Sûre d'avoir conquis son immortalité.
Tels, j'admirais, plongé dans de longues extases,
Ces portraits successifs, insaisissables phases
De la forme endormie encor dans sa candeur,
A la forme splendide, au réveil contempteur
Qui se connaît et qui s'impose ; de la vierge
Qu'un songe inconscient et sans amour submerge
A celle qui se sent aimée, et dont les yeux
Ne réfléchissent rien d'un cœur silencieux.

Et maintenant, tout près de moi, la pâle tête
Qui dans le dernier cadre, illusion complète,
Respirait, échappée aux baisers de la nuit,
Dardant vers moi l'éclair d'un regard qui poursuit,
S'enveloppant de vie et d'éclat, palpitante
Des vivaces espoirs d'une éternelle attente,
Et magnifiquement, comme un matin d'été,
Épanouie au sein de sa propre clarté,
Ainsi qu'en un miroir un reflet qui s'obstine,
C'était bien cette fois la tête florentine
De Stella Vespera, telle que bien souvent
Je l'avais contemplée immobile et rêvant.

Jamais l'art ne fixa d'un pinceau plus fidèle
Dans son panthéon chaste un glorieux modèle,
Jamais aussi, devant le génie et l'amour,
Plus belle vérité ne se fit voir au jour.

Ainsi, mon souvenir, dans sa forme absolue,
Triomphant, tout à coup se dressait à ma vue,
M'enchaînait de nouveau, si loin ! et se parait
D'un charme plus profond fait d'un nouveau secret,
Emplissant l'atelier du silence des temples !
Et moi, je m'abîmais dans ses prunelles amples.
Bien des heures, j'avais jusqu'ici médité,
En pensant à ses yeux, sur leur étrangeté.
Ce jour-là seulement, devant cette peinture,
J'en surpris la raison dans son essence obscure.
« Oui, me dis-je ; en effet ! l'un de ses yeux est noir
Et luisant comme l'encre, et l'autre comme un soir

Sans lune, est d'un bleu sombre étoilé de lumières ;
Et leurs disques rivaux emplissent les paupières ! »

Enfin, un dernier cadre, isolé dans un coin
De l'atelier, restait dans l'ombre un peu plus loin.
Ce n'était qu'une ébauche, une esquisse légère,
Mais toujours de Stella, l'obsédante étrangère.
Quel nimbe reluirait sur ce front renaissant ?
Centi voulait-il donc, d'un regard plus perçant,
Artiste inassouvi, surpasser la nature,
Et d'un beau plus divin essayer l'aventure ?
Ou bien, comme il avait, magicien de l'art,
Suivi cette beauté d'un scrupuleux regard
Dans son essor, depuis l'aube crépusculaire
Jusqu'à l'heure qu'un ciel d'apothéose éclaire,
Allait-il la poursuivre, artiste sans pitié,
Dans son déclin aussi chaque jour épié ?

Et le temps s'écoulait. Mes yeux enthousiastes
Toujours de ce visage interrogeaient les fastes ;
Et comme sur les bords d'un puits vertigineux,
Je me sentais sans fin serré des mille nœuds
D'une énigme enlacée à l'énigme contraire ;
Et nul raisonnement ne pouvait m'y soustraire ;
Et dans la vaste salle où je demeurais seul,
Il me semblait parfois que l'esprit de l'aïeul
Derrière moi glissait au fond des angles sombres,
Car vers les murs déjà s'amoncelaient les ombres.
Le soir vint. Éperdu d'extase, stupéfait,
Je regardais toujours. Le génie, en effet,

Ne laisse pas en vain sur ses œuvres empreinte
L'âme de sa pensée. Une invisible étreinte
Plane encor sur la toile abandonnée, et tient
Dans son réseau subtil le profane qui vient
Troubler de son regard l'atelier solitaire.

La nuit s'épaississait au fond du sanctuaire,
Noyant tout, chevalets, cadres et cheveux blonds.
Et seulement alors, furtif, à reculons,
Je sortis lentement, chassé par ces fronts pâles,
Qui, lumineux, pareils à de larges opales,
Paraissaient, sous le flux des ténèbres montant,
Me poursuivre et froncer leur sourcil mécontent.

Le malheur s'abattit sur moi cette nuit même,
Et pour longtemps crispa sur mon cœur sa main blême.
Au fond d'une retraite ombreuse, et dans l'oubli
De Stella, je vécus au loin enseveli.

III

Je revins. Quelques jours plus tard, dans un musée,
Je promenais sans but ma tristesse apaisée,
Quand je vis disparaître au bas d'un escalier
Une vieille au costume ancien et singulier
Qui me remémora la vierge d'Italie
Qu'à ses portraits lointains une énigme relie.

Je voulus pénétrer ce secret jusqu'au bout,
Et courus chez Centi. Je le trouvai debout
Devant sa dernière œuvre; et ses yeux dans l'ivresse
Du triomphe, versaient leur brûlante caresse
Sur la toile achevée, et seule cette fois.
Lui même s'agitait, parlant à haute voix,
Artiste émerveillé devant son propre ouvrage.
Une joie à ma vue éclaira son visage;
Il s'élança, me prit le bras, et m'entraînant
En face du tableau, s'écria : « Maintenant
Regardez! Répondez! N'est-ce pas qu'elle est belle ?
N'est-ce pas qu'elle entend mon amour qui l'appelle? »

Et moi, je regardais déjà, me demandant
Comment il avait pu du portrait précédent
Faire plus resplendir la tête sans rivale,
Et plus magiquement, dans un plus pur ovale
Faire vivre les traits sous un ciel ébloui.
Comme autrefois, toujours, c'était bien aujourd'hui
Le beau front lumineux et chargé de pensées;
Mais son éclat, vainqueur des ombres dispersées
Brillait plus éloquent encore; il se gonflait
Flamboyant, agrandi sous le double reflet
D'un éternel bonheur et d'une paix conquise.
C'était, sous la lueur changeante qui l'irise,
La même chevelure aux anneaux blonds et bruns,
Libres et déroulés sans fin, dont quelques-uns,
Voluptueux flocons qu'un sein grec illumine,
Flottaient confusément aux bords de la poitrine.
Mais, plus souple auréole et plus suave encor,

11

S'épandait maintenant leur opulent trésor.
Les yeux étaient toujours aussi grands, aussi chastes,
Aussi profonds, l'un bleu comme les nuits néfastes
Sans lune, l'autre noir comme l'encre, et tous deux
Limpides ; mais le large éclair qui sortait d'eux,
N'était plus la clarté de l'orgueil ni du rêve ;
C'était l'ardent rayon de l'amour qui se lève ;
Et la lèvre, plus rouge encor, plus finement
Découpée, aujourd'hui, comme pour le serment
Et pour l'aveu, s'ouvrait au baiser qui l'attire.
On sentait à travers ce superbe sourire
La victoire éclater dans la soumission,
Comme aussi dans ces yeux, avec la passion,
Passer l'enivrement d'une beauté céleste.
Et comme refoulant derrière elle, d'un geste,
Et pour jamais, bien loin, les ombres d'autrefois,
Par un miracle d'art qui renverse les lois,
Dans la pleine lumière où chaque trait s'anime,
Elle avançait vers nous son visage sublime.

A cette même place, et quelques mois avant,
Si je vis de Stella le fantôme vivant,
J'en voyais l'idéal le plus inaccessible,
Qui certes n'existait qu'en un monde impossible.
En moi-même, du moins, aussitôt j'affirmais
Que sa forme ici-bas ne marcherait jamais.

« Enfin ! cria Centi ; cette fois c'est bien elle !
N'est-ce pas qu'elle vit ? n'est-ce pas qu'elle est belle ?
Une âme plane aussi sur ma création,

Et ton cœur bat en moi, divin Pygmalion !
Qui donc a pu railler ton amour ineffable ?
Ta Galatée, ô Grec ! n'était point une fable !
Ce n'est pas ta statue au marbre radieux
Qui s'anima pour toi sous le souffle des dieux.
Non ; mais ils t'ont permis, ton œuvre terminée,
De rencontrer alors la femme devinée ! »

« Celle-là, quant à moi, j'en reste convaincu,
Lui dis-je, n'est qu'un songe, et n'a jamais vécu ;
Mais les autres, Centi ! Vous avez, je le jure,
Sous le soleil de tous vu passer leur figure ! »

— « Où donc l'aurais-je pu, dit-il ; mais que me font
Ces ébauches d'ailleurs ? Dans leur néant profond
Qu'elles rentrent ! Voici la seule qui soit faite
Pour moi, l'évocateur, ou pour moi le prophète !
Et maudits soient-ils tous ces pinceaux ! je suis né
Trop tard, ou bien trop tôt ! L'amour est condamné !
Car l'amour est au fond du royaume des rêves,
Dans les Edens perdus qu'ont remplacés les grèves,
Dans les mondes encor sans voix et sans échos,
Dans le silencieux amas des vieux chaos,
Dans la poussière d'or des mirages splendides,
Dans les eldorados noyés des Atlantides !
Oui, je vous dis qu'un jour elle vivra, sinon
Qu'elle est morte à jamais sans avoir su mon nom ! »

Et pendant qu'il parlait, je voyais sur sa lèvre,

Trembler le désespoir furieux, et la fièvre.
« Regardez, reprit-il, elle a chassé la nuit
Qui jadis l'entourait, jalouse, et qui s'enfuit !
Elle apparaît, semblable à l'étoile dernière,
Sur mon cœur épanchant tout un ciel de lumière !
Et je l'aime ! Et jamais l'éclair d'un œil vivant,
Je le jure, ici-bas n'a frappé plus avant,
Ni fait plus tressaillir les profondeurs d'une âme !
Dans l'amour éternel d'un amant, jamais femme,
Comme une reine au fond d'un palais, n'a marché,
De salle en salle, aux chants d'un orchestre caché,
Vers un trône plus beau, d'un pas plus sûr ! Je l'aime,
Celle-là dont ma main a retracé l'emblème,
La morte, ou l'invisible encor, l'être innomé
Qui, si j'avais vécu plus tôt, m'aurait aimé,
Qui m'aimerait plus tard, si je pouvais revivre ;
La femme qui peut-être en ce moment enivre
Quelque part, d'autres yeux, ô rage ! que mes yeux,
Et qui doit, loin de moi, mourir sous d'autres cieux !
Ah ! si vraiment tu vis ! Si je pouvais le croire !
Périssent d'un seul coup mon génie et ma gloire !
Et vienne aussi la mort ! Je l'accepte ! content,
Pourvu que je te voie, une heure, un seul instant,
Et te parle, et t'entende, et t'admire, et t'adore
O toi qui m'aimeras ! ô femme dont j'ignore
La patrie et le nom ! toi qui prends mon destin,
Et souris, comme au ciel l'étoile du matin ! »

Je tressaillis ainsi qu'un blessé que l'on touche,
Et mon secret déjà s'échappait de ma bouche ;

Derrière nous un bruit de pas, en ce moment,
Nous fit nous retourner tous les deux brusquement
Vers le vaste rideau qui recouvrait l'entrée.
Dans un angle une main subitement montrée,
Avec un geste prompt l'écarta tout entier,
Repliant les anneaux sur la tringle d'acier.
Et debout sur le seuil, grande et sombre statue,
Une femme était là, de velours noir vêtue,
Comme en un autre cadre, immobile, les traits
Ensevelis d'un voile aux attirants secrets,
Pareille aux visions des nuits surnaturelles,
Qui versant le vertige aux yeux fixés sur elles
Fascinent les vivants par leur solennité.
Une femme était là, nous cachant sa beauté,
Au maintien qu'aussitôt j'avais cru reconnaître,
Et vers qui, jaillissant de la haute fenêtre,
Comme pour un salut, ruisselèrent d'un bond
Les feux enorgueillis du soleil moribond.
Dès qu'elle eut aperçu la peinture immortelle,
Son front étincela sous l'obscure dentelle ;
Alors, d'une voix lente, au timbre musical
Comme le clair écho d'un sonore métal,
Elle laissa tomber ces mots dans le silence :

« Au beau siècle de l'art, autrefois, dans Florence,
Grand parmi les plus grands, fut l'un de vos aïeux,
Dont le chef-d'œuvre était le portrait merveilleux
De mon aïeule à moi, qu'on nommait dans la ville
L'étoile du matin. Dans un siècle infertile
Votre nom seul rayonne. En vous je reconnais

Le plus digne héritier des anciens ; je venais
Au grand peintre Centi demander de renaître
Sous le divin pinceau qu'il tient de son ancêtre,
Moi, dont le nom, là-bas, est l'étoile du soir ! »

Et moi, je frissonnai dans mon égarement ;
Car aujourd'hui, Stella, du portrait prophétique
Marchait vivante image, et modèle identique.
Je sentis mes cheveux se hérisser d'effroi,
Car Centi tout à coup s'était rué sur moi,
Car ses doigts sur mon bras incrustaient leurs tenailles,
Et j'entendais courir, en rayant les murailles,
Un rire aigu, montant et retombant sur nous,
Le rire intarissable où se tordent les fous !

LE REVE DE LA MORT

I.

Un ange sur mon front déploya sa grande aile;
Une ombre lentement descendit vers mes yeux;
Et sur chaque paupière un doigt impérieux
Appesantit la nuit épaissie autour d'elle.
Un ange lentement déploya sa grande aile,
Et sous ses doigts de plomb s'enfoncèrent mes yeux.
Puis tout s'évanouit, douleur, efforts, mémoire;
Et je sentais flotter ma forme devant moi,
Et mes pensers vers elle, à travers l'ombre noire,
S'échappaient de mon corps pêle-mêle, et sans loi.

II

Une forme flottait, qui semblait mon image.
L'ai-je suivie une heure ou cent ans ? Je ne sais.
Mais j'ai gardé l'horreur des lieux où je passais.
La sueur de l'effroi coulait sur mon visage
Derrière cette forme où vivait mon image.
Pendant combien de jours et de nuits ? Je ne sais.
Mais sous les cieux plus noirs que l'encre, ou pleins de flamm
Pour toujours je sentais quelque chose en mon cœur
Voler vers ce contour luisant comme une lame,
Quelque chose de moi qui faisait ma vigueur.

III

Et voilà devant nous qu'une forêt géante
Balança tout à coup sous le ciel embrasé
Son sinistre manteau d'un sang tiède arrosé.
Comme un rouge flocon d'une neige brûlante,
Un âpre vent, du haut de la forêt géante
Jusqu'au sol par les feux du soleil embrasé,

Secouait chaque feuille à travers les ramures.
Et de mon front aussi chaque rêve tombait,
Et dans mon spectre, avec de très-lointains murmures,
Chaque rêve tombé de mon front s'absorbait.

IV

Sur ma tête sifflaient de lugubres rafales ;
Et le gémissement surhumain de ce bois
Semblait l'appel perdu de millions de voix.
C'était le long sanglot des morts, par intervalles,
Qui du fond des tombeaux passait dans ces rafales.
Un lac de sang luisait au milieu de ce bois,
Et coulait d'un soleil aux ondes écarlates.
Et mes anciens désirs ruisselaient au dehors,
Vers mon fantôme clair, avec leurs tristes dates,
Mes désirs ruisselaient et désertaient mon corps.

V

Et ce lac grandit, tel qu'une mer sans rivage ;
Et ce globe penché sur l'horizon semblait

Un cœur énorme au loin dardant son vif reflet.
C'était le vaste cœur des peuples d'âge en âge,
Saignant sur cette mer étrange et sans rivage.
Et ce qui s'épanchait de cet astre semblait
Le sang, le propre sang de l'humanité morte ;
Et nous voguions tous deux sur ce flot abhorré.
Mon image brillait plus distincte et plus forte
Et j'y sentais nager mon esprit aspiré.

VI

Sous la nappe sans bord de cette pourpre horrible
Le soleil disparut tout à coup, et le ciel
A sa place creusa son azur solennel,
Par delà le regard, par delà l'invisible.
Et dans l'éther profond, sous cette pourpre horrible,
Des astres inconnus s'enfonçaient dans le ciel,
Toujours, toujours plus loin, au fond de l'insondable.
Chaque éclair de leurs yeux m'emplissait comme un son ;
Et tous mes sens, vers l'être à mon reflet semblable,
Abandonnaient mon corps dans un dernier frisson.

VII

Comme un épais rideau fait d'un velours rigide,
Montait derrière moi l'ombre du dernier soir ;
Le rouge de la mer se fondait dans le noir ;
Maintenant rien de moi n'allait plus vers mon guide ;
Et sur mon corps montait comme un manteau rigide
Une éternelle nuit après le dernier soir.
Et là, tout près de moi, ce double de moi-même,
Qui me regardait, plein d'un dédain envieux,
C'était, je le compris, prête à l'adieu suprême,
Mon âme à tout jamais libre sous les grands cieux.

VIII

Comme un glaive éclatant hors d'une antique gaîne,
Elle était là debout avec son regard clair,
Dont je sentais le froid pénétrer dans ma chair.
Elle était là visible, et désormais sans chaîne ;
Telle qu'un glaive nu debout près de sa gaîne,
Elle m'enveloppait avec son regard clair.

Et tout me regardait, conscience, pensée,
Esprit, rêves, désirs, joie, espoirs et douleurs,
Qui reprenaient, du fond de l'angoisse passée,
Leurs formes, leurs parfums, leurs sons et leurs couleurs.

IX

Et voilà devant nous qu'une arche de lumière,
Jusqu'au ciel, par-dessus les étoiles, d'un jet,
De la nuit comme un pont gigantesque émergeait,
Un chemin dans l'éther fait d'astres en poussière.
Mon âme alors me dit : Cette arche de lumière
Qui traverse les cieux agrandis d'un seul jet,
Ici, du temps sortie, à l'éternité mène.
Chair inerte, matière, ô corps ! vieux ennemis,
Je m'affranchis de vous, geôliers de l'âme humaine ;
Retournez par la mort dans le néant promis !

X

— Reste ! cria le corps, reste près de ton frère !
— Lâche et vil compagnon, je t'ai toujours haï.

— N'ai-je pas chaque jour à ton ordre obéi ?
— Tu mens, et ton désir au mien était contraire.
— Reste, je me soumets, prends pitié de ton frère !
— Meurs ! tu me hais aussi, comme je t'ai haï.
— Reste ! je t'aimerai, car la mort m'épouvante.
— Mes remords sont tes fils, seule il m'en faut souffrir.
— Moi, j'ai souffert aussi par toi, sœur décevante.
— L'oubli gît dans la tombe où tes os vont pourrir.

XI

— Qui me consolera dans la nuit où je sombre ?
— En moi qui versera le repos et la paix ?
— Oh ! mourir ; ne plus voir le clair soleil jamais ?
— Oh ! revivre, et jamais ne s'endormir dans l'ombre !
— Le froid horrible emplit cette nuit où je sombre !
— L'infini qui m'étreint ignore hélas ! la paix !
— La mort rit et m'attend ! — Un ange aussi m'appelle !
— Je maudis ton orgueil ! — Et moi ta lâcheté !
— L'horreur du noir néant crispe ma chair mortelle !
— Et moi, pleine d'horreur j'entre en l'éternité !

XII

Un choc intérieur traversa tout mon être.
Tout disparut. Mon corps alors resta tout seul,
Et la nuit l'enlaça de son épais linceul ;
Nuit, telle qu'un vivant n'en peut jamais connaître.
Un frémissement froid courut dans tout mon être,
Et dans le vide affreux je m'abîmai tout seul.
L'angoisse de la chute était l'idée unique,
Qui survivait encore au fond de mon cerveau ;
Puis insensiblement la terreur tyrannique
S'évanouit, en moi laissant un sens nouveau.

XIII

La nuit filtrait en moi, fraîche comme un breuvage ;
Mes pores la buvaient délicieusement ;
Je roulais enivré dans un doux tournoîment ;
Et toujours j'approchais du ténébreux rivage
Où l'ombre dans les corps filtre comme un breuvage.
Le Léthé de la nuit délicieusement

M'emplissait d'un silence ineffable ; et la vie
Ne comprendra jamais le silence et la nuit,
Qui toujours plus sentis par ma chair asservie,
Montaient comme le jour, croissaient comme le bruit.

XIV

Et maintenant au bord de l'Érèbe immobile,
Sous l'œil démesuré d'un fixe et noir soleil,
Je reposais enfin dans l'éternel sommeil,
Fécondant de mon sang les veines de l'argile.
Toujours, toujours plus noirs, dans l'Érèbe immobile,
Tombaient les longs rayons d'un fixe et noir soleil ;
Et je comptais sans fin, ainsi que des secondes,
Les siècles un par un tombés des mornes cieux,
Les siècles morts tombés de l'amas des vieux mondes,
Tombés dans le néant noir et silencieux.

LA PRIÈRE D'ADAM.

A ANTONY DESCHAMPS.

Songe horrible! — La foule innombrable des âmes
M'entourait. Immobile et muet, devant nous,
Beau comme un Dieu, mais triste et ployant les genoux,
Priait un spectre, loin des hommes et des femmes.

Et le rayonnement de sa mâle beauté,
Sa force, son orgueil, son remords, tout son être,
Forme du premier rêve où s'admira son maître,
Gardaient l'antique sceau de la virginité.

Tous écoutaient, penchés sur les espaces blêmes,
Monter du plus lointain de l'abîme des cieux
Le long gémissement des vivants vers les dieux,
Les rires fous, les cris de rage et les blasphèmes.

Et plus triste toujours, Adam, seul prosterné,
Priait. Et sous ses mains saignait son cœur encore,
Chaque fois qu'éclatait dans la brume sonore
Ce cri sans trêve : « Adam, un nouvel homme est né ! »

— « Seigneur ! murmurait-il, qu'il est long ce supplice !
Mes fils ont bien assez pullulé sous ta loi.
N'entendrai-je jamais la nuit crier vers moi :
« Le dernier homme est mort ! Et que tout s'accomplisse ! »

LE RENDEZ-VOUS.

Bâti par des mains inconnues,
Un féerique palais, longtemps,
Ouvre au vent frais des avenues
Ses fenêtres à deux battants.

A chaque porte, en grand costume,
Sonnant du cor sur l'escalier,
Un page, suivant la coutume,
Vante le seuil hospitalier.

Le suzerain de ce domaine,
Dans les salles de son palais,
En riche apparat se promène,
Comptant son or et ses valets.

D'heure en heure, son œil avide
Interroge les horizons.
L'écheveau du temps se dévide;
Les jours passent, et les saisons.

Il attend toujours ses convives.
Malgré les vents, malgré les froids,
Il croit entendre leurs voix vives,
Et le galop des palefrois.

Sa table pour eux est dressée
Chaque jour, et versé son vin.
Il les fête dans sa pensée;
Et les pages sonnent en vain!

Mille brillantes cavalcades
Passent là-bas sur les chemins,
Comme fuyant les embuscades
D'un manoir aux durs lendemains.

Noble, il se fie à la noblesse
Des invités de haut renom.
Honteux du soupçon qui le blesse,
Aux pages las il répond : Non!

« Non! redorez toutes mes salles!
Rallumez ce soir les flambeaux!
Allez dans mes plaines vassales;
Apportez-moi des fruits plus beaux!

« Changez les fleurs sur ces balustres !
Resablez les routes du bois !
Ils viendront mes hôtes illustres !
C'est en leur honneur que je bois ! »

Et nul ne vient ; nul équipage
Ne piaffe aux portes du château.
Et sur son perron chaque page,
Épuisé, dort dans son manteau.

Tandis que le temps ronge et mine
Au dehors les murs recrépits,
Le palais toujours s'illumine
Partout, plein d'échos assoupis.

Un soir d'orage, les rafales,
Au bruit des volets rabattus,
Soufflent les torches triomphales
Dans la main des hérauts têtus.

Et voilà, dans la nuit sonore
Des pas nombreux sur le parquet :
Salut, dit l'hôte, à qui m'honore !
« Et mon cœur vous revendiquait ! »

— « Allons ! Comme nous tiens parole !
Lui répondent les arrivants ;
Mets à ton seuil ta banderole,
Malgré la nuit, malgré les vents.

« Nous venions tous en compagnie
A nos chevaux livrant les mors.
Au souffle d'un mauvais génie
Sur la route nous sommes morts.

« Morts, nous tenons notre promesse ;
Et pour tombe nous choisissons,
Défunts sans cercueil et sans messe,
Ton palais aux beaux échansons !

« Châtelain ! qu'on nous rassasie ;
Mais de nous surtout n'attends pas
Discrétion ou courtoisie.
Il sera long notre repas !

« Nous avons tué sur tes portes
Tes sonneurs de cor endormis.
Voyons comment tu te comportes,
Châtelain, avec tes amis !

« Nos noms étaient : Joie, Espérance,
Amour, Gloire, Bonheur, Repos.
On lisait écrit : Délivrance,
En lettres d'or sur nos drapeaux.

« On nous nomme aujourd'hui Tristesse,
Solitude, Soucis, Douleur,
Et Désespoirs. La sombre Altesse
Qui nous commande, est le Malheur ! »

Et lui, pour fêter ces vampires,
Leur sert dans l'ombre, en frémissant,
Son cœur fier de ses longs martyres,
Son cœur loyal, riche de sang.

Et depuis, dans le noir domaine
Dure encor l'horrible festin.
On lit au fronton : âme humaine
Qui tient sa parole au destin !

LE MANCENILLIER.

La jeunesse est un arbre aux larges frondaisons,
Mancenillier vivace aux fruits inaccessibles ;
Notre âme et notre cœur sont les vibrantes cibles
De ces rameaux aigus d'où suintent les poisons.

O palmes, dont la séve est notre sang ! feuillage,
Vert remords surplombant l'horreur des jours passés,
Ironiques remparts, sous le ciel vous croissez,
Car nos désirs vers vous sont dardés avec rage.

Nulle bouche n'a ri, nul oiseau n'a chanté,
Nulle fleur n'a relui dans ces lourdes ramures.
D'où viennent ces parfums, ces rires, ces murmures,
Vains reflets de ce qui n'a jamais existé ?

Arbre vert du passé, mancenillier sonore,
Je plante avec effroi la hache dans ton flanc,
Bûcheron altéré d'azur, vengeur tremblant,
Qui crains de ne plus voir le ciel mentir encore!

LA CHANSON DE MAHALL.

C'est un soir calme ; un souffle aux aromes subtils
Vanne de fleurs en fleurs, dans le parc séculaire,
Le pollen qu'il dépose aux pointes des pistils.
Un soir d'été tranquille, une nuit tiède et claire ;
La lune pacifique arrose les halliers ;
Et dans l'herbe, pareils à deux grands boucliers
Qui d'un duel gigantesque attesteraient l'histoire,
Dorment deux lacs jaloux, d'acier blanc criblé d'or.

Dans le sombre château brille seul l'oratoire
De Gemma. — Par moments, le long du corridor,
Comme l'appel lointain d'un mourant qu'on emporte,
Se traîne le soupir du vent, de porte en porte.
Hors la fenêtre rouge aux deux meneaux, en croix,

Tout est noir et désert dans la vieille demeure ;
Hors la plainte du vent, rien n'élève la voix ;
Dans le calme manoir rien ne rit ou ne pleure.

Sur l'oratoire étroit pèse le dôme obscur ;
Mais un haut lampadaire est dressé près du mur,
Et sur un portrait d'homme au noir sourcil projette
Les tremblantes lueurs d'une lampe d'argent.
L'âme du mort revit sur l'image inquiète,
Sans cesse du front blême aux lèvres voltigeant.
Au dossier blasonné de sa chaise ducale,
Croisant les mains, se tient Gemma, muette et pâle,
Immobile, debout, jeune et belle, en grand deuil.
Son bras luit à travers le crêpe qui le voile.
Foyer toujours ardent, s'allume encor son œil
Dont les fixes rayons jaillissent sur la toile.
Dans son cadre d'ébène, en face, un haut miroir
Réfléchit le portrait de l'homme au sourcil noir,
La veuve comme un spectre et les sombres tentures
Qui s'écrasent le long des murs sur le tapis ;
De longs jets de cristal courent sur ses sculptures.
Assise à la fenêtre et les yeux assoupis,
Une vieille marmonne entre ses dents branlantes,
Troublant seule parfois le vol des heures lentes.
Tout au fond pend un christ d'ivoire, et devant lui
Brille un riche missel incruté d'armoiries,
Sur le prie-Dieu de chêne, auprès de son étui.
Le silence s'amasse aux pieds des draperies.

Et voici que, crispant ses deux mains sur son cœur,

Où monte et bout le flot grondant de sa douleur,
Gemma se tord soudain, renversée en arrière.
Elle arrache ses yeux, rouges des pleurs taris,
De ce regard jamais voilé par la paupière,
Et, la gorge entr'ouverte à d'impossibles cris,
Marche se roidissant dans la chambre, suivie
Par ce regard dardé du fond d'une autre vie.
Elle s'arrête enfin, droite, dans l'angle clair
De la haute fenêtre, où, dans l'ombre baignée,
La vieille à l'autre coin chante sur un vieil air,
Et près de son rouet s'endort, sombre araignée.
Tout le passé remonte en Gemma, jours par jours ;
Et du parc au hasard suivant les longs détours,
Sa pensée ainsi roule en son muet supplice :

« Ciel tranquille ! ciel vaste et profond ! dont la paix
Semble s'éterniser sous les nappes d'eau lisse,
Et lointaine descend dans les taillis épais !
Dôme silencieux des nuits, qui rassérènes !
Comme ils sont loin ces jours aux blancheurs souveraines,
Que, comme vous limpide et calme, j'ai vécus !
Où le métal poli de mes froides prunelles,
O rêves, émoussait tous vos désirs aigus !
Où j'allais promenant mes gaîtés fraternelles
Dans le vert paradis des bois pleins de soleil ;
Où nul regard encor ne hantait mon sommeil !
Ah ! tu dormais naguère en mon sein, comme un lâche,
Mon cœur ! profondément tu dormais ! un vautour,
De son bec implacable, aujourd'hui, sans relâche,
En te criant : « Trop tard ! » te déchire à ton tour ! »

Et tandis que Gemma, de sa main, qui la broie,
Comprime sa poitrine au repentir en proie,
La vieille chante, ainsi qu'en un rêve tout bas :

   « La pluie aux grains froids là-haut tombe à verse.
   Mon cher enfant dort, et moi je le berce,
  Dans son berceau fait de chêne et de plomb.
   J'entends un bruit sec qui gratte et qui perce.
   Tu dors, mon enfant, d'un sommeil bien long !
  — Mon enfant s'agite en ses draps de plomb.

   Un lourd cauchemar, mon enfant, t'agite.
   Ton berceau de chêne est un mauvais gîte.
  — Mon âme est partie, et vide est mon corps ! »

Gemma sait que Mâhall est une pauvre folle
Qui l'aime, voilà tout, mais qu'on ne comprend pas.
L'angoisse, dont blémit sur son front l'auréole
Sinistre, la rend sourde aux vains mots. — Elle entend
Son remords qui plus haut parle, lui répétant :
« Trop tard ! il est trop tard ! rappelle-toi ! Déroule
Ce chapelet maudit et long des jours ingrats,
Où les appels perdus vers toi montaient en foule ;
Où sous tes seins, glacés alors entre tes bras,
Se creusaient du néant les voûtes taciturnes ;
Où rêves et parfums, débordant de leurs urnes,
Ne faisaient rien vibrer en toi, n'embaumaient rien !
A jamais maintenant dans la nuit vengeresse,
Dans l'oubli de tes yeux et du martyre ancien,
Il dort. Nul souvenir du passé ne l'oppresse.

Il a tout oublié de la vie ; il est mort !
Eh bien ! apprends l'amour ! Sous la dent qui mord,
Regarde ruisseler ton sang expiatoire !
Vierge, tu souriais aux larmes de l'amant,
Fière de ta beauté, n'ayant pas d'autre gloire,
Et ne comprenant rien à l'ardeur d'un serment.
Mais femme, ta beauté de marbre encor s'est tue ;
Et tu ne voyais pas aux pieds de ta statue
La volonté tomber, et se briser le cœur
De l'époux dont tu fus la suprême pensée ;
Et voilà que son spectre a vaincu ta torpeur,
Et que, te souvenant, tu l'aimes, insensée !

Gemma songe. En dormant Mâhall chante tout bas :

« Un lourd cauchemar, mon enfant, t'agite.
Ton berceau de chêne est un mauvais gîte.
— Mon âme est partie, et vide est mon corps.
Comme un vieux logis que le vent visite,
J'appartiens souvent aux âmes des morts ;
Mon enfant, ton âme agite mon corps.

Dans l'œil des enfants lisent leurs nourrices.
Les morts ont aussi parfois leurs caprices. »

— Lorsque chante Mâhall on ne l'écoute pas. —
Gemma songe. « Bonheur, plaisir, joie, espérance !
Quand l'angoisse nous tient à la gorge, impuissants,
Ces mots qu'on poursuivait jusqu'en leur apparence,
Devant l'immensité perdue ont-ils un sens ?

Ah! le regret, bien plus que l'espoir, dans notre âme
Sait éclairer la nuit de son horrible flamme!
Certe, il m'aimait jadis d'un amour effréné,
Dardant vers moi l'effort des volontés mortelles,
L'homme qui vers la nuit aveugle s'est tourné,
Consumé par son rêve éteint dans mes prunelles.
Si je n'ai rien compris alors, ni cet amour,
Ni cet espoir puissant de m'animer un jour,
Ni cette volonté, ni sa morne agonie,
D'où vient qu'après sa mort mon cœur s'est éveillé,
Lentement, par degrés, de sa longue atonie?
D'où vient qu'en mes yeux froids un éclair a brillé,
Que mon âme est sortie enfin d'un noir abîme,
Et lit profondément dans l'infini sublime
De cet amour perdu qui me brûle aujourd'hui?

Et Gemma vers la chambre où le portrait l'attire
Se retourne, et revient s'arrêter devant lui.
Sur ses noirs vêtements pendent ses bras de cire.
— Mâhall reprend son rêve et sa chanson tout bas :

   « Dans l'œil des enfants lisent leurs nourrices.
   Les morts ont aussi parfois leurs caprices.
   Lorsque tu souffrais, je sais une fleur
   Que je te donnais pour que tu guérisses;
   Son baiser rendait ton sommeil meilleur.
   — Mon enfant demande une étrange fleur!

Il sait des secrets plus vieux que la tombe!

— La pluie aux grains froids sur mes membres tombe...
Les yeux sur le portrait, Gemma ne l'entend pas ;
Son corps est immobile et sa lèvre est muette,
Mais son amour ainsi toujours gronde en son sein :

— « Ah ! dans ces yeux ouverts une âme se reflète !
Et j'y vois clairement flotter encor l'essaim
Des rêves incompris qui maintenant me rongent !
Tyranniques regards ! comme en mon cœur ils plongent !
Mieux et plus haut en moi que les yeux d'un vivant,
Ils parlent nuit et jour et m'ont enfin soumise ;
Et j'y vois se mirer, balayés par le vent,
Tous les édens fermés de la terre promise !
Mais les innassouvis dorment-ils à jamais ?
Dans tes lits donnes-tu l'oubli que tu promets,
O mort ! — A-t-il donc pu m'oublier dans ta fosse !
Il n'aimait point alors ! Seule, je sais aimer,
Moi qui sens que ta voix comme toute autre est fausse,
Et qu'à l'heure où sur moi le plomb va se fermer,
Mon amour éternel, pour l'éternel supplice,
M'enlacera les seins de son royal cilice !
Mais non ! s'il était vrai que pour l'éternité
Rien ne survit, ô mort ! de l'antique amertume ;
De moi, de son amour s'il n'a rien emporté,
Qui donc met dans ses yeux comme un appel posthume ? »

Et Gemma se rapproche et touche le portrait,
Dont une clarté douce anime chaque trait,
Et dont la lèvre luit plus rouge, et semble humide.
— Mâhall sur l'escabeau chante encore tout bas :

« Il sait des secrets plus vieux que la tombe !
— La pluie aux grains froids sur mes membres tombe.
Oh ! rouge est la fleur ! mortel son poison !
Pourquoi la veut-il ? pour quelle hécatombe ?
— Moi, dans la forêt, je cours sans raison !...
Un mort veut baiser, ô fleur ! ton poison !

Hier, j'ai frotté de poison sa bouche.
Dans son cadre il dort : que nul ne le touche ! »

— « Non, non ! — pense Gemma, — quelque désir avide
Jaillit de ces yeux noirs qui ne me quittent pas.
La mort a des secrets plus anciens que la tombe !
L'éclair qui m'enveloppe et sous qui je succombe,
Quel peintre aurait donc su le fixer dans ces yeux ?
Non ! j'aime mieux plutôt croire qu'une âme encore
Me poursuit par delà son tombeau soucieux ;
Qu'un amour plus ardent, dont l'effluve dévore,
Peut triompher enfin quand les sens sont glacés.
Ah ! s'il en est ainsi, chère ombre ! c'est assez !
C'est assez t'agiter ! Ou vengeance ou victoire,
Vois, je t'aime aujourd'hui plus que tu ne m'aimais !
Apaise-toi ! repose enfin dans la nuit noire !
Plus que ne fit le tien, mon cœur saigne à jamais ;
Et j'expie ! et j'attends l'heure du dernier râle.
Alors vers toi j'irai dans la paix sidérale,
Plus riche de baisers et de larmes de sang,
Que toi de désespoir et de rêves stériles !

— Une flamme qui tremble et qui va pâlissant

Fait courir sur les murs les ombres les plus fébriles ;
Et la vieille Mâhall chante encore tout bas :

« A travers un cadre il tendait la bouche.
  J'ai frotté la fleur. Que nul ne le touche !
  — Le désir des morts dompte les vivants.
  Ainsi qu'un portrait, dans un cadre il couche !
  — Dans mon veux corps vide et branlant aux vents,
  Les âmes des morts veillent les vivants ! »

Gemma vers le portrait a fait un dernier pas.
Elle colle sa bouche ardente sur la lèvre
De l'homme au sourcil noir, qui semble avoir souri ;
Puis chancelle, frémit de courts frissons de fièvre,
Et tombe empoisonnée, et sans pousser un cri !

LES YEUX DE NYSSIA.

Je suivis dans les bois l'enfant aux cils soyeux.
Non loin d'un petit lac dormant nous nous assîmes ;
Tout se taisait dans l'herbe et sous les hautes cimes ;
Nyssia regardait le lac silencieux,
    Moi, le fond de ses yeux.

— « Sources claires des bois ! dit Nyssia ; fontaines
Où le regard profond sous l'onde va plongeant !
Tranquillité du ciel sous la moire d'argent,
Où tremblent des roseaux les luisantes antennes,
    Et les branches lointaines ! »

— Je disais : « Larges yeux de la femme ! ô clartés,
Où l'amour entrevoit un ciel insaisissable !
O regards qui roulez aux bords des cils un sable
Fait de nacre, d'azur et d'or ! Sérénités
    Des yeux diamantés ! »

— Nyssia dit : « Là-bas, ce bassin solitaire
Qui dort ainsi sans ride au fond du bois, vraiment,
Semble avoir la puissance étrange de l'aimant.
Autour de lui, regarde, un brouillard délétère
    Plane comme un mystère. »

— Je répondis : « Tes yeux, Nyssia, tes yeux clairs,
Ces yeux que mon soupir sans les troubler traverse,
Fascinent par l'attrait de leur langueur perverse.
Un magique pouvoir aiguise leurs éclairs
    Qui filtrent dans mes chairs. »

— « Vois, disait Nyssia, l'étonnante apparence
Qu'ont les plantes sous l'eau, les plantes et les fleurs.
Comme tout se revêt de féeriques couleurs !
Sous ce lac enchanté je sens qu'une attirance
    Vit dans sa transparence. »

— « Dans tes yeux, lui disais-je, ô Nyssia ! je vois
Tous mes rêves, tous mes pensers, toutes mes peines.
Rien qu'à les voir, mon sang se tarit dans mes veines.
Souriants sous la nacre, au fond de tes yeux froids
    Ils vivent, je le crois. »

— « Suis sur tous ces reflets, suis la molle paresse
D'une flamme émoussée au fond d'un ciel plus doux.
Ces images de paix qui s'allongent vers nous,
Les sens-tu nous verser l'ineffable tendresse
    De l'eau qui les caresse ? »

— « Nyssia, dans tes yeux je contemple, charmé,
Tous mes désirs nageant vers un azur plus tendre.
Tu regardes là-bas, Nyssia, sans m'entendre ;
Mais mon âme revoit son fantôme pâmé
    Dans tes yeux enfermé. »

— « Et pourtant, comme autour du bassin, me dit-elle,
Tout est morne ! Partout, vois, sur cette eau qui dort
Les arbres amaigris se penchent ; tout est mort.
On dirait sur la rive une noire dentelle ;
    Cette source est mortelle. »

— « Prunelles ! chers écrins aux limpides cristaux !
Quand la frange de jais de vos grands cils s'abaisse
Et sur la joue au loin projette une ombre épaisse,
Je crois voir se fermer sur mille Eldorados
    De funèbres rideaux, »

— « Dans ces pâles gazons où périt toute chose,
Tandis que leurs reflets restent verts sous les eaux,
Vois ces tertres, cachant le long des noirs roseaux,
Comme l'ancien secret d'une métempsycose.
    Là, sais-tu qui repose ? »

— « Autour de ta paupière, à l'ombre de tes cils
Dont les reflets charmants, derrière tes yeux calmes,
Caressent mes désirs comme de douces palmes,
Ah ! pour s'être enivrés de philtres trop subtils,
    Des rêves dorment-ils ? »

— « Les nymphes de ce bois sont dans l'herbe enterrées,
Les nymphes dont encor palpite le reflet,
S'éternisant sous l'eau dans sa blancheur de lait,
Comme celui des fleurs qu'elles ont admirées,
   Par un charme attirées. »

— « Sous l'éternel éclat de tes grands yeux polis,
Mille rêves pareils au mien, mille pensées
Reluisent. Je crois voir les flammes renversées
Des amours que les bords de ces yeux sous leurs plis
   Roulent ensevelis. »

— « Lentement ces reflets ont tari toute séve,
Et tout revit sous l'eau si tout meurt sur les bords.
Ces images ont pris la vie à tous les corps,
Arbres, nymphes et fleurs, qui, penchés sur la grève,
   Ont contemplé leur rêve. »

— « Nyssia, que me fait ce lac mystérieux
Dont tu parles ? vers moi tourne enfin tes prunelles !
Je sens que tout mon être absorbé passe en elles ;
Et que mon âme entière a plongé sous les cieux,
   Nyssia, de tes yeux. »

Et Nyssia sourit : « Vis ou meurs, que m'importe !
Dit-elle, maintenant que tressaille à son tour
Dans mes yeux l'immortel reflet de ton amour.
Oui, c'est vraiment ton âme, au fond de cette eau morte,
   Ton âme, que j'emporte ! »

Et l'eau se referma sur elle ; un souffle erra
Longtemps au bord du lac, le souffle de son rire.
Et moi, je vois au fond mon reflet qui m'attire,
Et qui, lorsque ma vie à la fin s'éteindra,
    Sous l'eau me survivra.

LE SEMEUR.

Un large ruban d'or illumine la cime
Des coteaux dont la brume a noyé le versant.
L'horizon se déchire ; et le soleil descend
Sous les nuages roux qui flottent dans l'abîme,
Comme un riche archipel dans une mer de sang.

De confuses rumeurs s'éveillent par la plaine ;
Et dans son champ, debout aux rebords des sillons,
Travailleur obstiné sous les derniers rayons,
Un semeur devant lui lance au loin sa main pleine
Et chasse des oiseaux les criards tourbillons.

Et l'occident s'écroule où l'astre antique éclate.
Et le semeur frappé d'un long et rouge adieu,
Par grands gestes, au loin, dans un sinistre jeu,
Semble jeter au vent la poussière écarlate
De son cœur calciné dans sa poitrine en feu.

— Ton âme se déchire ; et voilà ta pensée
Qui sombre sous l'amas de tes rêves sanglants.
Ceint aussi d'un reflet de pourpre sur tes flancs,
Aux dernières lueurs de ta gloire passée,
Homme ! à travers tes jours, tu marches à pas lents.

Tu nourriras bientôt l'herbe des sépultures !
Aux becs des vieux espoirs donne un dernier repas !
Féconde encor le champ des douleurs ; ne crains pas
L'horrible hurlement dans les gerbes futures
Dont tu pressens déjà les échos sous tes pas !

Fouille en ton sein la cendre encor chaude et vivace !
Aux vents froids de la vie ouvre ta large main ;
Et sous la calme nuit qui couvre ton chemin,
Vengé, vers le tombeau tu peux tourner la face,
N'ayant plus rien au cœur pour l'y semer demain !

JAMAIS.

A FRÉDÉRIC PLESSIS.

« Amour ! dans tous les temps les hommes t'ont chanté !
Et martyrs d'un mensonge, ont sur leurs fronts porté
Le seul orgueil qui reste aux damnés, et la gloire
De t'avoir fait un Dieu, toi désir illusoire ! »
Comme en son noir palais, tel, encor ce jour-là,
Le démon qui l'habite en mon âme parla.
Et depuis bien des jours il criait dans ma vie ;
Et les anges rieurs que notre esprit convie
A rallumer en nous tous les flambeaux éteints,
S'enfuyaient devant l'hôte aux yeux froids et hautains.

Et lorsque vint le soir, ce fossoyeur fidèle
De toutes nos fiertés qu'il abat d'un coup d'aile,
Courbant ce même front qu'insulta le dédain,

Comme un voleur j'ouvris la grille du jardin ;
Et tremblant à mes pas sur le sable qui crie,
Tournant la tête au vent dans la branche flétrie,
Plus pâle encor, plus lâche encor, plus lentement
Encor, je m'avançai dans l'ombre, comprimant
Sous ma main, dans mon cœur, la révolte et la honte,
Au souvenir maudit qui dans le fiel remonte.
— Ah ! ce jour-là, plutôt qu'un autre, quel espoir
Avait comme un parfum embaumé l'air du soir ?
Quand le soleil fondit dans sa vapeur cuivrée,
Quel rêve, m'imposant l'illusion qu'il crée,
M'avait dit : C'est l'aurore ! on t'appelle ! suis-moi !
Quel nuage avait pris, pour raffermir ma foi,
L'apparence d'un front qu'un sourire illumine ?
Quelle heure d'autrefois, comme une fleur d'hermine,
Se dressa plus vivace au fond des jours passés ?
Qu'étaient venus chercher mes désirs insensés ?
Et quand j'eus traversé la solitaire allée
Pleine encor des senteurs de ses cheveux, peuplée
De blancs spectres de robe aux détours des chemins ;
Quand, appuyant mon front à la vitre et mes mains,
Je regardai la salle, où mon âme était née
Sous les yeux violets qui l'avaient condamnée,
Qu'espérais-je y revoir, sinon les longs éclairs
D'un invincible arrêt brûlant dans ses yeux clairs ;
Sinon la joie immense, à tout souci rebelle,
De vivre et d'être jeune, et de se savoir belle,
Et de rire en pensant au mal qu'ont fait ses yeux ?

Certes, les froids tombeaux sont moins silencieux

Que ne l'était la chambre aux lueurs amorties;
Et sans doute, entr'ouvrant ses ailes pressenties,
L'ange des maux subits, sinistre et sans pitié,
Épiait, attentif, l'œuvre faite à moitié.
Au milieu des coussins elle était là, couchée;
Et par instants sa main, de l'ombre détachée,
Chassait les rêves noirs avec un geste prompt.
Mais sous leur vol plus lourd se retournait son front;
Et des lèvres, que rien n'arrête ou ne déjoue,
Marquaient un baiser rouge au milieu de sa joue.
Son autre main dormait dans celles du vieillard,
Qui tout auprès, debout, la couvrant d'un regard
Sec et vide, semblait chercher dans sa mémoire
La fille, seul souci de ses jours, et sa gloire.
Mais l'éclair de la vie avait seul déserté
Son visage. Jamais l'orgueil de la beauté
N'auréola plus fière et plus pâle figure.
Immobile, les yeux ouverts, sans un murmure,
Elle semblait attendre et défier sans peur
Les doigts de l'invisible et funèbre sculpteur
Qui sur les corps sans âme après la mort s'obstine.
Celle qui, m'enlaçant de sa joie enfantine,
Par ses yeux, où mouraient mes regards abîmés,
Dans mon âme versa l'horreur des cieux fermés;
Celle-là, dont l'image au fond de ma pensée,
Le jour où je jurai qu'elle en serait chassée,
S'installa plus riante et défiant l'oubli;
Celle-là n'était plus qu'un songe enseveli
Dans le riche cristal de mes larmes taries.
Mais le fleuve est plus grand, douleur, où tu charries

Dans mon âme aujourd'hui l'effroi noir du néant;
Et d'éternels cyprès au feuillage géant
Bordent tous les sentiers dont je cherche la trace.
Maintenant ce n'est plus son sourire ou sa grâce
Qui creuse dans mon cœur l'angoisse du regret.
Ma mémoire, aujourd'hui, sans trouble évoquerait
Ses boucles, et ses yeux, et sa lèvre ravie,
Où j'avais cru noués tous les fils de ma vie.
Fantôme d'autrefois, à jamais détrôné,
Je souris à mon tour, et je t'ai pardonné.
Boucles, qui des parfums me sembliez l'image,
Prunelles, dont jadis je m'étais cru le mage,
Lèvres, qui m'emplissiez d'échos intérieurs,
Lointaines visions, qui revivez ailleurs!
Non, mon âme jamais n'a pleuré vos chimères;
Ma douleur n'avait pas, ô formes éphémères!
Sondé les profondeurs blêmes du désespoir,
Et, corbeau séculaire au fond d'un vieux manoir,
Sinistre suzerain des demeures désertes,
Dans les cendres traîné ses deux ailes inertes.
Vous m'aviez abusé, mes pleurs avaient menti;
Je n'avais pas souffert; je n'avais pas senti
Tes ongles dans mes chairs, tes flammes dans mes veines,
Amour, dieu languissant, couronné de verveines!
Ce soir-là seulement j'ai compris, et j'ai bu
Les philtres abhorrés de ton ciel inconnu.
En un instant, ce soir, des siècles d'amertume
Ont dans mon sein roulé leur corrosive écume.
Et je sais à présent, et pour l'éternité,
Ce que c'est que l'enfer d'un rêve épouvanté

Où tu trônes, muet, ouvrant tes sombres ailes,
Amour, dieu frémissant, couronné d'immortelles !
Oui, devant ce visage au front de marbre, aux yeux
Sublimes, obscurcis de secrets orgueilleux ;
Devant le solennel silence de ces lèvres
Où voltigeait encor le souffle ardent des fièvres ;
Devant cette victime attendant sans combats
Le messager divin dont elle entend les pas,
Un immortel sanglot emplit mon âme entière.
Et sur mon passé mort, debout, l'image altière
De la mourante en moi se dressa désormais,
Dans ses boucles d'ébène, immobile à jamais.
— Ah ! dans des yeux profonds si nos yeux savent lire,
En ce moment, les siens recélaient le martyre
D'un cœur brûlé des feux d'un indicible amour,
D'une âme que l'angoisse a rongée à son tour,
Et qui dans la fierté d'un ciel promis s'exile,
Ainsi qu'en son orgueil meurt son beau corps tranquille.
Et si, pour y tenter un suprême entretien,
Ce soir-là son regard eût plongé dans le mien,
Certe, elle eût tressailli d'y voir jaillir vers elle,
Jusqu'au fond de ses yeux où l'ombre s'amoncelle,
La réponse infinie à son rêve infini.
Et si la mort qui plane autour d'un front terni
Laisse parfois le sang y refluer encore,
Comme au pic endormi la rougeur de l'aurore,
Qui donc peut du destin faire attendre la loi ?
Qui donc peut commander aux dieux, si ce n'est toi,
Amour, dieu tout-puissant, roi des métamorphoses ?
Dans mon ombre du moins tu m'as soufflé ces choses.

Un fol espoir flottait devant moi; je l'ai crú.
Sous les arbres, alors, sans penser j'ai couru.
Il m'en souvient, quelqu'un avait ouvert la grille;
Des voix avaient parlé du père et de la fille;
Deux hommes noirs venaient; sur leurs pas ténébreux
Je m'élançai sans bruit, et j'entrai derrière eux.
Le père sans bouger les laissa prendre place
A ses côtés. Tout bas, touchant sa main de glace,
Ils parlaient, secouant la tête par moment;
Le vieillard regardait sa fille fixement;
Puis j'entendis ouvrir derrière moi la porte;
L'un d'eux disait : « Demain cette enfant sera morte. »
Le corridor laissa glisser ses souffles froids,
Et nous restâmes seuls dans la chambre, tous trois.

Qu'ai-je dit au vieillard alors? Quelle croyance
Eut-il en moi, celui dont la vaste science
Se reniait vaincue, et qui ne priait pas?
Quel geste lui sembla commander au trépas?
Je l'ignore. Insensé! savais-je aussi moi-même
Ce que je murmurais, dans cette nuit suprême,
Sur ce front où posait l'ombre d'un doigt mortel?
Je sais que je parlais; qu'un sacrilége appel,
Lui-même, s'exaltant au remords qui l'enivre,
La suppliait de croire à l'amour, et de vivre;
De détourner son cœur d'un ciel vide qui ment;
De ressaisir enfin la force à mon serment,
D'aimer, et d'entr'ouvrir ses lèvres dans l'ivresse
De l'Éden triomphal que mon amour lui dresse!
— Mourir! Non, si des yeux pareils se sont fermés

Jamais, c'est que des yeux ne les ont point aimés!
Si pareille beauté s'est pour toujours éteinte,
C'est que deux bras ardents ne l'avaient pas étreinte!
C'est qu'un amour puissant, aux longues volontés,
N'avait pas imploré ces yeux désenchantés,
Ni sur ce corps soufflé le désir de renaître!
Ou bien, c'est qu'ils voulaient mourir ces yeux, peut-être;
C'est qu'il voulait dormir sous l'herbe, ce beau corps!
Prières et serments, impérieux efforts,
Tout se brisa devant son obstiné silence.
Nul éclair n'a brillé sous la morne indolence
Du brouillard ténébreux qui submergeait déjà
Ces grands yeux dilatés où mon âme plongea.
Elle entendait pourtant. De ses lèvres hautaines,
Par trois fois, à la fin, deux syllabes lointaines
Tombèrent lentement, plus froides que le fer.
Le mot que vont hurlant les démons dans l'Enfer,
Jamais! jamais! jamais! par trois fois dans mon âme
J'en ai senti l'écho refouler toute flamme.
Et la nuit, d'heure en heure, étreignait son beau sein;
Et plus épouvanté qu'un nocturne assassin,
Plus muet que son père au désespoir stérile,
Jusqu'au jour, avec lui, sur son sommeil fébrile
Je veillai, dans mes mains pressant ses doigts roidis.
Et la lampe trembla sous l'aube; et j'entendis
Dans le jardin chanter les oiseaux sur les branches.
La croisée allongea vers nous ses formes blanches.
Alors un long soupir glissa sur son réveil;
Et, pressentant de loin l'approche du soleil,
Elle sourit, le front tourné vers la fenêtre.

Un frisson de plaisir courut dans tout son être ;
Et, se dressant debout dans ses vêtements blancs,
Au-devant du matin elle ouvrit ses bras lents.
Un flot d'or ruissela, la baignant de lumière ;
Et, fermant à jamais sa lèvre et sa paupière,
Elle se renversa roide et morte en nos bras.

Et vous nous entouriez, funèbres apparats ! -
Et l'âcre odeur flottait de l'encens et des cierges ;
Et sur son lit couvert des fleurs pâles des vierges,
Ses traits inanimés s'ennoblissaient encor ;
Et le jour s'éteignit ; et dans le corridor
La nuit froide montait, traînant, par intervalles,
De longs gémissements sous les portes des salles ;
Et le vieillard, sans voix, sans pleurs, sans mouvement,
Vers la morte toujours regardait fixement ;
Et moi, je m'abîmais dans l'affreuse inertie
D'un corps vide sur qui pèse l'ombre épaissie.
Et voilà que, du fond de l'Érèbe où mon cœur
Sombrait, jaillit soudain une étrange lueur,
Qui grandit, m'inondant de son aube divine,
Et qu'un frais hosannah chanta dans ma poitrine.
Dans un vertigineux élan je me dressai,
Et sur ce corps muet par l'esprit délaissé
Je me penchai, criant ces paroles avides :
— « L'Aurore s'est levée au fond des cieux livides !
Toi qui fus implacable alors que tu vivais,
Qui mourus en vouant ma vie aux dieux mauvais,
Métella ! Maintenant ton âme fraternelle
A compris, et cette âme en s'envolant m'appelle.

Elle m'aime à la fin! Je le sais. Je la sens
Qui vante en moi du ciel les amours renaissants.
Eh bien! du seuil conquis de la patrie ouverte
Enfin; au nom maudit de l'angoisse soufferte
Jadis; au nom sacré de cet amour promis ;
Si ton âme erre encor sur tes traits endormis,
Enfreins l'ordre du ciel! Revis une seconde!
Je t'adjure! Qu'un mot, qu'un geste au moins réponde !
Est-ce toi qui passas dans mon rêve éperdu?
Métella! Métella! Maintenant m'aimes-tu? »

Et ces mots voltigeaient dans les ombres encore,
Que je vis s'entr'ouvrir cette bouche incolore;
Et dans l'abîme noir où je redescendais,
Une voix sans nom dit : Jamais! jamais! jamais!

LE VIEUX SOLITAIRE.

Je suis tel qu'un ponton sans vergues et sans mâts,
Aventureux débris des trombes tropicales,
Et qui flotte, roulant des lingots dans ses cales,
Sur une mer sans borne et sous de froids climats.

Les vents sifflaient jadis dans ses mille poulies.
Vaisseau désemparé qui ne gouverne plus,
Il roule, vain jouet du flux et du reflux,
L'ancien explorateur des vertes Australies.

Il ne lui reste plus un seul des matelots
Qui chantaient sur la hune en dépliant la toile.
Aucun phare n'allume au loin sa rouge étoile;
Il roule, abandonné tout seul sur les grands flots.

La mer autour de lui se soulève et le roule ;
Et chaque lame arrache une poutre à ses flancs ;
Et les monstres marins suivent de leurs yeux blancs
Les mirages confus du cuivre sous la houle.

Il flotte, épave inerte, au gré des flots houleux,
Dédaigné des croiseurs aux bonnettes tendues,
La coque lourde encor de richesses perdues,
De trésors dérobés aux pays fabuleux.

Tel je suis. Vers quels ports, quels récifs, quels abîmes,
Dois-tu les charrier les secrets de mon cœur ?
Qu'importe ? Viens à moi, Caron, vieux remorqueur,
Écumeur taciturne aux avirons sublimes !

HEMRICK, LE VEUF.

I

Un amas orageux charge les horizons.
Des gorges de Carnac aux sauvages gazons ;
Aux vieux troncs crevassés de profondes gerçures ;
Aux grands dolmen rangés dans la brume, tout droits ;
Aux larges flaques d'eau qui dorment par endroits,
Où comme un assassin couvert d'éclaboussures,
Avant de déserter le farouche plateau,
Le soleil lave encor sa face et son manteau.

Un grondement lointain monte comme un reproche.
Et du sombre orient, par bonds, de proche en proche,
Vers le couchant souillé de sinistres lambeaux,
La voix plus menaçante après un court silence,

Le souffle bref, la nuit se déploie et s'élance,
Pleine d'éclairs subits qui semblent des flambeaux
A la hâte allumés, éteints à l'improviste,
Promenés par des bras tendus vers une piste.

Par les âpres sentiers qui tournent dans le val,
Laissant comme au hasard trébucher son cheval,
Hemrick, le veuf, encor ferme et droit sur la selle,
Pâle, et les yeux au loin fixés sur l'occident,
Regagne lentement sa demeure ; et pendant
Que tout près d'éclater l'orage s'amoncelle
Sur sa tête, il écoute en lui, profondément,
Retentir les échos d'un vaste ébranlement.

Car dans son âme, ainsi qu'un mineur dans la mine
Le long d'étroits couloirs rampe, creuse et chemine,
Et depuis bien des jours, la lampe sourde au poing
Ou le pic dur levé, nuit et jour à sa tâche,
S'acharne sur le roc, frappe, ébranle et détache
Quelque bloc descellé qu'on ne remplace point,
Dans son âme dardant des lumières livides,
Un soupçon a creusé de lamentables vides.

Ah ! que de jours maudits, que de nuits encor plus
Maudites, l'ont étreint dans un flux et reflux
De luttes, de stupeurs, de rages, d'agonies,
Depuis le premier coup par un soupçon porté
Dans sa douleur pieuse, et dans sa loyauté ;
Depuis que, mesurant l'effroi des insomnies,

Il a senti le doute affreux, tel qu'un mineur,
Saper tout ce qui fut sa gloire et son bonheur !

Sa confiance était comme un sol granitique,
Où ses rêves touffus, ainsi qu'un bois antique,
Pleins d'une séve auguste, et les rameaux unis,
En défiant du sort les haches assassines,
Puissamment agrafés enfonçaient leurs racines ;
Visités par la mort, et désormais sans nids ;
Rougis de tous côtés comme des troncs d'érables,
Tristes, mais beaux toujours, graves, mais vénérables.

L'odieuse pensée aux rayons grandissants
Avait si bien refait son œuvre en tous les sens ;
Elle avait tant rongé, tant fouillé sans relâche
Tous les riches filons du trésor souterrain ;
Tant harcelé la voûte avec son bec d'airain ;
Tant crié vers le jour d'une voix rauque et lâche,
Que le jour s'était fait dans un immense puits,
Et que son rêve entier chancelait sans appuis.

Avec un grand fracas de ramures penchées
Qui s'effondrent, froissant leurs feuilles desséchées,
Tout croulait à la fois dans l'avide néant,
Honneur, serments d'amour et d'amitié, — chimères !
Tout, tout, jusqu'à l'espoir des vengeances amères,
Tout sombrait dans son cœur comme en un trou béant.
Et la foudre pouvait choisir Hemrick pour cible,
Il n'était deja plus qu'un sépulcre insensible.

II

Partout où se croisant pour les muets combats
Les regards dans les cœurs se plongent ici-bas;
Dans tous les temps, sous tout climat, sur tout rivage,
C'est une loi, qu'un jour, éperdu, terrassé,
Pour jamais d'un désir ineffable blessé,
L'orgueil d'un front viril, enivré d'esclavage,
S'est laissé choir aux pieds d'une vierge aux beaux yeux
Qui l'écrase en jouant, sphinx obscur et joyeux. —

Mais si jamais amour fut l'aurore d'un songe
Immortel, un serment sembla moins un mensonge;
Si jamais un regard, un sourire, une voix,
Furent clarté, reflet divin, son angélique;
Si jamais, comme au fond d'un temple une relique,
Une image adorée eut un vaste pavois,
Ce furent ton amour, ton serment, ton visage,
Ce fut toi, Myriann, idole au faux présage!

Et de tous ceux un jour domptés par le tourment
Qui fait d'un homme libre un misérable amant,
Tel qu'un vaincu qui pleure, à genoux, sans cuirasse,
Lui-même de ses mains prompt à se désarmer;

De ceux-là dont le mal est de croire et d'aimer ;
Qui donc portant plus haut la fierté de sa race,
L'humilia plus bas que Hemrick, devant toi,
Myriann ! plus servile et rampant sous ta loi ?

Lui, le Breton chercheur de gloire, dont l'épée
Sans cesse étincelait, de vengeance occupée ;
Lui l'altier descendant d'aïeux vindicatifs,
Qui méprisait l'amour et haïssait les chaînes,
On le vit, oubliant sa superbe et ses haines,
N'avoir d'autres soucis que tes désirs furtifs,
Que l'ombre de ton front chassée, et d'autre ivresse
Que de faire à ta vie un rempart de tendresse !

Dix ans tu lui souris, sans qu'une fois ta main,
Comme pour lui cacher l'anneau d'or de l'hymen,
Ait une fois tremblé de crainte dans la sienne !
Sans qu'à ta lèvre rose, ou qu'à ta joue en fleur,
Ait dormi le silence, ou monté la pâleur
D'un remords né la veille, ou d'une faute ancienne ;
Et les sources des bois sont dans les joncs luisants
Moins calmes que tes yeux ne lui furent, dix ans !

Et quelle âme, elle-même à ce point avilie,
A ce point se traînant dans l'écume et la lie
Des mystères impurs de ce monde pervers,
Aurait pu, même une heure, un seul instant jalouse,
Pour y lire les mots qu'enfouit une épouse,
Regarder par delà ton front chaste, à travers

La limpide clarté de ton amour, ô femme!
Sans reculer de honte, et se sentir infâme?

Loin des villes, d'ailleurs, hérissant ses trois tours,
Le donjon de Hemrick, ancien nid de vautours,
Avait le vieux renom de n'aimer point les fêtes;
Et tous deux, le front ceint de vos songes premiers,
De solitude, et d'ombre, et de paix coutumiers,
Couple heureux, vous laissiez vos âmes satisfaites,
Au murmure tranquille et sacré des forêts,
Comme elles s'imprégner de leurs parfums secrets!

Mais non, Hemrick! Ton âme ardente étant de celles
Qui du même rayon tirent deux étincelles,
Et, brûlantes d'amour, sont chaudes d'amitié,
Ton âme était le champ dont le sillon immense
Pour les doubles moissons se creuse et s'ensemence;
Et de toi même ainsi tu donnais la moitié,
Chaque jour, à l'ami loyal, au frère d'armes,
Mort aussi, pour rouvrir la source de tes larmes!

— « O morts! couchés là-bas sous le plomb bien scellé!
Dans votre lit bien clos, sans serrure et sans clé,
Dormez l'un après l'autre, en vos funèbres langes,
Complices embaumés d'un fraternel regret!
Car avec vous descend dans la fosse un secret
Dont les vers vont nourrir leurs discrètes phalanges;
Et celui près duquel vous viviez sans rougeur,
Ne connaîtra jamais aucun doute rongeur!

Lui survit, par deux fois foudroyé, solitaire,
Inerte, inconsolable; et toujours vers la terre,
Du matin morne au soir livide, l'œil baissé,
Il reprend le chemin du saint pèlerinage;
Et sa double douleur augmente avec son âge;
Et vos traits vénérés émergent du passé
Dans son âme, plus beaux, plus purs, ineffaçables,
O morts! qu'il a couchés lui-même dans les sables!

Morts glacés! allongeant vos membres décharnés!
Si pour la trahison un jour vous êtes nés,
Vous avez savamment vécu la face haute;
Et n'ayant point monté les cavales sans mors
Des passions sans honte et coupables, ô morts!
Ayant vaincu la vie, oubliez votre faute,
Confiants tous les deux, abrités, n'est-ce pas?
Dans l'ombre impénétrable et lourde du trépas!

— Hemrick! c'est trop longtemps vivre l'affreux supplice
Du néant de l'amour, du blasphème qui plisse
Ton front qu'un orgueilleux bonheur avait sculpté!
Penche-toi souriant vers la blonde auréole
De ce frêle innocent qui rit, charmant symbole
De l'amour qui renaît de sa fragilité,
Consolateur suprême, adorable héritage
Où ton espoir s'acharne à chercher une image!

Mais il grandit, l'enfant qui jouait au berceau
Quand sa mère en tes bras se roidit, sous le sceau

De la mort étendant sa main séparatrice.
Et tu cherches en vain, d'un regard jamais las,
Dans son jeune regard l'ancien rayon, hélas!
Chaque jour, ravivant ta rouge cicatrice,
Tu cherches sur sa lèvre un écho d'autrefois,
Tu tressailles d'entendre, hélas! une autre voix!

Hélas! ceux qui sont nés sous de sombres auspices
Ne se rendront jamais les étoiles propices!
Et ton destin te voue à de plus durs arrêts;
Et tu la fermeras, ta bouche palpitante
D'une longue prière, et d'une vaine attente!
Car il était écrit que tu ne vieillirais,
Père aux espoirs frustrés, aux caresses déçues,
Que pour les coups plus forts des divines massues!

Il grandit; et voilà déjà que dans ses jeux
S'allume en son œil large un éclair courageux;
Que sa fierté s'essaie à des accents plus mâles;
Et tout à coup, plus prompt que la flèche qui part,
Le reflet d'un visage, un jour, de part en part,
A traversé ton âme et figé tes chairs pâles
Frémissantes encor de l'avoir entendu,
L'écho d'une autre voix dont le souffle est perdu!

Tu frémis; tu pâlis tout à coup; tout ton être,
Comme aux bords d'un abîme insondable, peut-être
Chancela sous l'effroi d'un noir pressentiment;
Mais pour chasser bien loin cette pensée obscure,

Basse comme un affront faite à la sépulture
D'un ami pour jamais sacré, fiévreusement,
Sans qu'il lui fût permis de germer ni d'éclore,
Tu l'arrachas, confuse à tes tempes encore !

Va ! tu la rejetas de tes tempes en vain !
Car il est entre tous un infernal levain
De tortures sans nom, sans pitié ni remède,
Un philtre bouillonnant dont s'enivrent les cœurs ;
Surpassant le venin de ces rouges liqueurs
Que la hutte sauvage en avare possède ;
Et pour empoisonner un homme, un seul instant
Lui suffit ; et c'est trop d'un seul doute flottant.

Tu t'indignes en vain ; en vain tu te récries,
Implorant le pardon de leurs cendres chéries !
Car un instinct de jour en jour plus triomphant
T'attire, et te retourne anxieux, et te cloue,
Muet, l'angoisse au cœur, et le froid sur la joue,
En face de ton fils, du fatidique enfant
De la morte, et te force à saisir au passage
On ne sait quel vivace et plus clair témoignage !

Est-ce bien là ton fils, cet enfant qui grandit
A ton foyer ? Celui que toi, père maudit,
Tu contemples, hagard de voir que dans son geste
Se fixe d'heure en heure un vivant souvenir,
Que sur sa lèvre un mot ancien veut revenir,
Que le feu d'un regard endormi brûle et reste

Sous son front, et qu'enfin, dans l'étrange héritier,
Un mort semble revivre à jamais tout entier !

Loyal, certe, et fidèle, et brave, et magnanime,
Soit parmi les clameurs du combat qu'il ranime,
Soit pacifique, au seuil de l'hôte hospitalier,
Serein, et la main ferme entre ta main qu'il serre,
Jeune et beau, fort et doux, à toute heure sincère,
Il l'était autrefois, avant de sommeiller
Sous les cyprès aussi, là-bas, pensif et grave,
Loué par l'épitaphe où ta douleur se grave !

S'ils souffrent en damnés, les jaloux, quel que fût
L'indice qui les tient embusqués, à l'affût ;
Tous ceux qui de cléments deviennent sanguinaires,
Pareils aux desservants des Molochs altérés,
Aux tigres bondissants hors des épais fourrés,
Que souffrent-ils donc ceux qui, pleins de sourds tonnerres,
Affamés de vengeance et masquant leur flambeau,
Heurtent leurs poings crispés aux pierres d'un tombeau !

Ah ! crispés sont tes poings ! Et sous ton crâne chauve
Effrayants sont tes yeux dans leur cavité fauve,
Chaque fois qu'éperdu de ton lâche dessein,
Compulsant ta mémoire aux fidèles archives,
Évoquant un par un dans tes marches pensives
Les fantômes du mort, du compagnon serein,
Tu les revois flotter sur le fils qui t'embrasse,
Tu les regardes vivre en germes dans ta race !

Sous ton toit qu'ont quitté tes anciens serviteurs,
Où tu dardes, blanchi, tes yeux inquisiteurs,
Elle éclate à la fin l'atroce ressemblance
Dont mille fois, la nuit, comme un louche espion,
Tu surpris, lampe en main, la lente éclosion,
Labourant sous tes doigts ta poitrine en silence,
Pour ne pas réveiller l'inconscient témoin
D'un crime enseveli sous les ombres au loin !

Elle éclate à la fin, et t'obsède et te brave,
En ce jeune homme fier, et magnanime, et brave,
Et loyal, et sincère, à qui tu n'accordas
Depuis longtemps déjà qu'un amour fait de haine ;
Et s'il parle, ton sang bout et gonfle ta veine ;
Et s'il veut t'embrasser, tu crois revoir Judas ;
Et dès qu'il te sourit, tu dresses vers les tombes
Un bras impatient de doubles hécatombes !

Vastes ou non, profonds ou clairs, bleus, gris ou noirs,
Si les yeux contemplés sont vraiment des miroirs,
C'est que seul il s'y voit, celui qui les regarde ;
Et dans ceux de l'épouse, et dans ceux de l'ami,
Si jamais tu n'as vu le reptile endormi,
C'est qu'autour de ton âme il faisait bonne garde
L'ange qu'à sa défense avait commis l'orgueil,
Et que nul sifflement n'en franchissait le seuil.

Dans la coupe où fervent tu mangeais l'ambroisie,
Tu le sais, à présent, combien l'hypocrisie,

Sans défaillir, peut-être et dès les premiers jours,
Savait mêler pour toi l'invisible ciguë;
Et combien peut la honte être aisément vaincue,
Et le plus long mensonge être sans remords lourds,
Et l'étreinte dernière être encor calculée
Pour ceux-là dont l'ivresse est une heure volée!

Et cependant, tel est le cœur de l'homme, tel
Son besoin d'une idole et son besoin d'autel,
Malgré la ressemblance où ta stupeur s'abreuve,
Tu te prends à douter encore par moment,
A t'écrier parfois dans ta fureur : « Il ment!
Le jeune homme odieux, l'accusateur sans preuve,
Le fils dénaturé, qui souille la vertu
D'un ange au front sans tache, et d'un linceul vêtu! »

Mais quand alors, ainsi qu'un justicier farouche,
La narine renflée, et l'écume à la bouche,
Prêt à bondir devant le jeune homme étonné,
Les doigts fermés déjà sur quelque panoplie,
Tu recules ton bras avant l'œuvre accomplie,
Qui pourrait lire au fond de ton cœur effréné,
Si c'est l'accusateur de la morte, ou lui-même,
L'autre mort, que tu veux frapper dans son emblème!

La preuve irrécusable, elle est là, devant toi!
Celle qui déserta ton honneur et sa foi,
Aurait-elle avoué sa faute et sa traîtrise
Au prêtre murmurant son bréviaire banal;

Ce prêtre, trahissant son secret tribunal,
T'aurait-il tout redit par crainte ou par surprise,
Dis ! quel frisson plus grand courrait dans tes cheveux ?
Et de quel poids nouveau pèseraient ses aveux ?

Un témoin peut mentir qu'on menace ou qu'on prie.
La main d'un imposteur, par la haine aguerrie,
Peut dans un coffret d'or habilement caché,
Flétrir sur le vélin la plus pure mémoire,
Et choisir le moment, le mur creux ou l'armoire ;
Au spectre repentant de sa nuit arraché,
Et qui parle aux vivants d'une œuvre expiatoire,
On peut crier : Je rêve une impossible histoire !

Mais lui, le propre fruit du ténébreux forfait,
Bien plus haut mille fois que jamais n'eussent fait
Témoin, coffret qu'on brise, éphémère statue,
Ce revenant réel, fait de chair et de sang,
Nuit et jour il raconte un amour si puissant,
Que l'amant dans sa forme en lui se perpétue
Et témoigne à toute heure, et t'insulte, et se rit
Du vertige sans bords où sombre ton esprit.

Oui, c'était bien le fils du trépassé coupable,
C'était le trépassé lui-même, — horreur palpable ! —
Qui s'était devant toi redressé, trait pour trait,
Comme ressuscité dans sa beauté première,
Ce matin-là, debout, calme dans la lumière,
Dans son crime cynique à ton glaive soustrait,

Et pour fuir le conseil de ta trop longue haine,
Tu t'es enfui livide, au hasard, par la plaine.

Tout le jour, à travers landes, vallons et bois,
Plein de larmes, ainsi qu'un vieux cerf aux abois,
Harcelé par la meute ardente et découplée
Des jours heureux chantant dans ton long désespoir,
La soif inextinguible à tes flancs, jusqu'au soir,
A travers la nature ironique et peuplée
De visions d'amants qui rapprochent leurs fronts,
Tu passas, rougissant tes fiévreux éperons !

— Vengeance ! Cri féroce et stupide espérance,
Qui dans l'effarement d'une folle souffrance
Sort partout et toujours d'un cœur d'homme jaloux !
A quel rêve jamais as-tu rendu la vie ?
Et qui donc, ta rancune une fois assouvie,
Dans un sein ruisselant toujours par mille trous
N'enfonce point encor ses dix ongles avides,
Conseillère sanglante aux promesses perfides ?

Tout le jour, dans ses yeux au brouillard épaissi,
De son cœur en pâture aux griffes sans merci,
Tu t'élanças du fond des sanglots et des râles ;
Tu grondas dans sa voix ; tu frappas sans repos,
Au loin sur la nature en paix et sans échos,
Vengeance ! toi qui vis au fond des cathédrales !
Inutile transport des hommes furieux !
Divine volupté, qui mens, comme les dieux !

Ils dorment à jamais tous deux, au cimetière !
Et pour la vaine soif de leur victime altière
Ils n'ont plus de terreur, ni de sang, ni de chairs !
Et l'époux outragé doit dévorer sa honte !
Et quand un flot de pourpre à sa face remonte,
Il doit laisser tomber son poignard sans éclairs,
Et laisser faire à Dieu qui pèse, compte et juge,
Et contre qui les morts n'auront pas de refuge !

S'ils étaient là, vivants, tous deux souillant son nom,
Tous deux lui souriant, qu'eût-il donc fait ? Sinon
Les écraser tous deux en même temps, sur l'heure,
Comme deux vils serpents sur le bord du chemin.
Et qu'eût-il pu vouloir demander à sa main,
Si ce n'est, sur leurs yeux où la lâcheté pleure,
Jeter la grande nuit qui déjà les a faits,
Peut-être pour toujours, unis et satisfaits !

Mais qu'importe qu'un couple épié tremble et meure.
Si l'angoisse du crime est vivante, et demeure
A jamais, si l'amour trahi hurle à jamais !
Voilà pourquoi, sombrant dans sa rage impuissante,
L'âme du veuf, au soir, errait, morne passante,
Irréparablement déserte désormais,
Sans rien voir, sans entendre autour d'elle autre chose
Que son effondrement dans la nuit vaste et close.

III.

Et l'orage est prochain sur tous les horizons
Des gorges de Carnac aux sauvages gazons;
Aux vieux troncs de leurs bras entr'ouvrant leurs blessures;
Aux grands dolmen rangés dans la brume, tout droits;
Aux flaques de sang vif et fumant par endroits,
Où, comme un assassin couvert d'éclaboussures,
Le soleil, en fuyant le farouche plateau,
Laisse choir après lui son criminel manteau.

Semblables à des bras tendus, pleins de colère,
Rétrécissant leur vol rapide et circulaire,
Des nuages armés d'éclairs, très-bas et noirs,
S'élancent; de partout la foudre furibonde
Éclate effrayamment de seconde en seconde;
Et la nuit formidable ouvrant ses réservoirs,
Verse avec tous les bruits convulsifs des tempêtes,
Aux hommes la terreur, et la folie aux bêtes.

Et comme un endormi flagellé tout à coup,
Hemrick alors rugit, sur l'étrier debout,
Blême, la droite haute, et la tête en arrière;
Et tandis qu'emporté par son vieil étalon,
Il passait, l'œil sanglant, à travers un vallon
Qu'étoilaient sous le ciel en feu des croix de pierre,

Un sanglot surhumain, un cri désespéré,
Vers les morts s'exhala de son cœur déchiré :

« Non ! malgré les six pieds de terre sur vos restes,
« Malgré vos os blanchis dans l'ombre, ô morts funestes,
« Cria-t-il ; dût ma voix implacable, plus haut
« Que la nue éclater pendant cent ans ! Dussé-je
« User à votre seuil un poignet sacrilége,
« Vous ne dormirez point ce soir, traîtres ! Il faut
« Que vous vous réveilliez ! Il faut que vos oreilles
« S'emplissent à jamais de l'horreur de mes veilles !

« Ah ! vous ne dormez pas ! Et le long des cyprès,
« Vos spectres amoureux, l'un de l'autre tout près,
« Comme je les ai vus dans mes nuits de tortures,
« Errent encor là-bas, comme jadis heureux !
« Et cette nuit terrible est sans effroi pour eux ;
« Et vous trompez aussi l'ange des sépultures !
« Enlacés dans la pluie et la foudre et les vents,
« Insensibles tous deux aux douleurs des vivants !

« Vous flottez devant moi, là-bas, lâches fantômes !
« Amants parés de fleurs aux sinistres aromes !
« Et pendant que, debout à leurs portes d'airain,
« Sur les dalles d'un lourd sabot de fer heurtées,
« Mille formes de morts se lèvent irritées ;
« Pendant qu'il vous poursuit cet étalon sans frein,
« Et que mon bras armé dans ma fureur se dresse,
« Vous ne daignez rien voir que votre propre ivresse !

« Eh bien ! si cette vie enferme ma fureur,
« Que l'inutile pointe entre donc dans mon cœur !
« Et que tout mon enfer s'éteigne, ou bien dévore
« Loin des liens charnels mon âme libre aussi !
« Et que je sache enfin, si là-bas, loin d'ici,
« Les fantômes jaloux sont impuissants encore,
« Et si vous me fuirez toujours ! Et si jamais
« Tu ne m'aimeras plus, Myriann, que j'aimais ! »

— Et comme un bloc, Hemrick a roulé de la selle,
Un trou large saignant à grands flots sous l'aisselle,
Au pied d'un mausolée en marbre blanc sculpté,
Dont la porte de bronze a dans la nuit fatale
Retenti sous son poing d'une voix sépulcrale ;
Et le vieil étalon brusquement arrêté,
Frappa d'un dur sabot sur la dalle sonore,
Blanc d'écume, le cou tendu, jusqu'à l'aurore !

IN EXTREMIS.

Son nom ? — Tu veux savoir s'il fut illustre ou non ?
Eh bien, je ne sais pas ! Que peut te faire un nom ?
Personne sur son front n'écrit le nom qu'il porte !
C'était un homme, avec un nom. Mais que t'importe ?
— Sa race ? — Laissons là, crois-moi, tous ses aïeux !
L'âme de bien des morts tressaillait dans ses yeux ;
Mais la sienne, à coup sûr, l'obsédait davantage.
C'était un homme, avec un très-riche héritage
De désirs obstinés dans leur espoir têtu,
D'âmes vieilles pesant sur son âme, entends-tu !
Quant à l'autre blason qu'une race confère,
Il ne le montrait pas, et tu n'en as que faire.
— Sa patrie ? — Insensé ! Quelle est-elle ici bas ?
Lequel nous appartient le plus, des deux grabats
Où la vie ouvre et ferme à son gré sa spirale,
Du premier où l'on crie, et de l'autre, où l'on râle ?

La patrie ! Est-ce un champ ? une île ? un astre entier ?
Né dans un large lit, ou né dans un sentier,
C'était un homme avec la terre pour patrie,
Ou pour exil ; un homme avec l'âme meurtrie !
— Son âge ? — En sauras-tu plus long, si je le dis ?
Ah ! le vieillard traînant ses membres engourdis,
Souvent, plus que le corps, a le cœur lourd d'années ;
Et l'esprit accablé par les heures damnées
Plus encor que le cœur ! Vois ! cherche son regard,
Et lis, si tu le peux, dans un rayon hagard,
Sous le double fardeau de l'angoisse amassée
Laquelle a plus vieilli, la chair ou la pensée !
Et quand le corps enfin a fait son dernier pas,
Il aspire au repos éternel, mais non pas
L'âme, encor défiant les étreintes futures !
C'était un homme, avec d'innombrables tortures
Dans sa poitrine, et qui se couchait gravement,
Pour mourir, sous un ciel au louche flamboiement.
— Où donc ? Dans quel pays ? Dans quel siècle ? — Tu railles !
As-tu peur de mourir loin de quatre murailles,
Sans amis, sans parents, sans pleurs, abandonné ?
Et quand ton heure à toi bientôt aura sonné,
Me demanderas-tu, réponds, quelle frontière
Creusera ton sépulcre, et dans quel cimetière ?
Dans quel siècle, as-tu dit ? Va ! le malheur est vieux !
Et comme hier, demain, l'invisible envieux,
Toujours multipliant ses noires fantaisies,
Saura fouiller les flancs des victimes choisies.
Tant qu'il lui restera quelque hochet vivant,
Va ! le malheur toujours sera jeune et savant !

C'était un homme, avec ses luttes infinies,
Jouet depuis longtemps des lentes agonies,
Et qui, seul, une nuit, sur le dos renversé,
Râlait au coin d'un bois, au bord d'un dur fossé,
Sans prière, sans plainte aussi, les membres roides,
Et les yeux grands ouverts au fond des brumes froides!
Il suffit. Et la mort dans ses veines filtrait.
Mais avant d'expirer voilà que, tout d'un trait,
Il revit devant lui passer l'horrible drame
De ses jours dont l'enfer avait forgé la trame.
Alors il dit : « Soyez demain plus odieux ;
« J'ai le rêve et l'orgueil ; je vous pardonne, ô dieux ! »

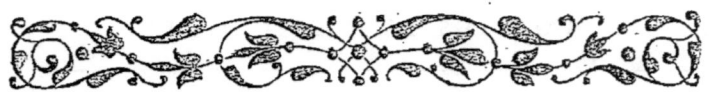

L'EXEMPLE.

Sous le fécond soleil des nations antiques,
L'homme était riche en dieux dont il savait les noms,
Dont les images d'or encombraient ses portiques,
Et, géantes, gardaient le seuil des Parthénons.

Et pourtant, jamais las d'encens ni de prières,
L'homme des temps sereins où riaient les dieux nus,
Entre le ciel et lui rêvant plus de lumières,
Sacrifiait encore à des dieux inconnus!

Nos cœurs ne vibrent plus aux naissances prochaines
De ceux que conviait le large cœur païen;
Et ce n'est plus afin de ressaisir des chaînes
Que nous fouillons la foi de l'univers ancien.

Aux stériles rayons d'un soleil qui s'épuise,
Sur le poudreux amas des autels d'autrefois,
Nous regardons crouler les fûts noirs de l'Eglise,
Sans que la mort d'un Dieu fasse gémir les bois.

Tous les dieux sont-ils morts? ou vaincus par l'exemple,
Ceux qui nous voient de loin en proie au sombre mal,
Renoncent-ils d'avance à la gloire du temple,
Par horreur du Calvaire et du sang baptismal?

L'ÉPREUVE.

L'Invisible, — celui qui règne dans les cieux,
Assembla ses enfants pour lui chanter sa gloire;
Et Satan était là, qui se dressait près d'eux.

Et le Très-Haut lui dit : D'où viens-tu? — Mon histoire
Est vieille, répondit l'Adversaire : j'ai fait
Tout le tour de ton œuvre avec mon aile noire.

J'ai délié l'esprit que ta règle étouffait;
J'ai pourri le bon grain, j'ai récolté l'ivraie;
Tes anges ont raison de chanter, en effet!

Leur louange est mensonge et ma parole est vraie :
Une haine est au cœur des hommes contre toi;
Nul ne t'aime, hors ceux que ta rancune effraie.

— Tu n'as considéré que l'incomplète foi,
Dit l'Éternel, de ceux que l'épreuve terrasse.
Les cœurs simples et purs sont heureux sous ma loi.

— Sur un fumier, couvert d'une lèpre vorace,
Un être, dit Satan, sans amis, sans espoir,
Survivait, en opprobre à tous ceux de sa race.

C'était un homme. Nu, gisant, horrible à voir,
Avec un caillou plat il grattait ses ulcères,
Le jour durant sans pain, et sans sommeil le soir.

Si pour te réjouir les maux sont nécessaires,
Il avait en cela de toi bien mérité;
Car ce juste n'avait point d'égal en misères.

Loin de tous, en dehors des murs d'une cité,
Dans le pays de Hus, où le péché domine,
Il maudissait la vie et ton iniquité.

Oui, tordu par son mal, mangé par la vermine,
Créature sans nom parmi les animaux,
Il levait ce regard que la haine illumine.

— Le Très-Fort dit : Qu'importe une chair en lambeaux?
Le juste est celui seul qui lui-même s'oublie,
Et ne contemple point uniquement ses maux.

— Celui-ci n'avait point une âme ensevelie,
Dans son propre tourment, si monstrueux qu'il fût,
Son âme était des pleurs universels remplie.

Moi, le Rôdeur sournois, et sans cesse à l'affût,
Le Fomenteur subtil des mauvaises pensées,
Je pris ce malheureux effroyable pour but.

Et ses chairs tout d'abord furent cicatrisées ;
Je le guéris sur l'heure, et le remis debout
N'ayant plus souvenir des souffrances passées.

Il regarda la cuve où s'amoncelle et bout
L'épais fourmillement des hommes, et qui fume ;
Puis, l'horizon qui n'a commencement ni bout ;

Et je vis qu'il restait le cœur plein d'amertume
En songeant à l'angoisse où ton peuple croupit
Sous ton œil clos au fond d'une insondable brume.

Je rendis la jeunesse à son corps décrépit ;
Je dressai l'arc noueux et brisé de son torse ;
Après, j'enveloppai ses membres d'un habit.

La ville flamboyait comme une immense amorce.
Je lui dis : Va ! la vie est bonne ; sois heureux !
Et je fis resplendir la beauté sur sa force.

Il y marcha, parmi des mendiants poudreux ;
Et je vis, le suivant pas à pas à la piste,
Qu'il s'abreuvait du fiel qui remplit leurs yeux creux.

— Eh bien, dit l'Être unique à Satan : Qu'il assiste
Son frère, celui-là qui voit les pleurs d'autrui !
Cet homme s'en ira joyeux, s'il était triste.

— L'aumône, il se peut bien, fait sourire celui
Qui donnant un denier se dit qu'il te le prête,
Et ne place un secours qu'au taux de ton appui.

Je connais la pensée entre toutes secrète !
Lui, supputait au fond de la sienne, combien
Sont ceux pour qui jamais table ou moisson n'est prête.

Morne, il allait, disant : Je ne possède rien !
Je l'avais rendu jeune et fort ; je le fis riche
A ne pouvoir compter ses troupeaux ni son bien.

Quiconque errait, sordide, et tel qu'un chien sans niche,
Vendangea dans sa vigne et glana dans son champ.
Mais tenace est l'ortie au cœur que l'on défriche !

Si prodigue qu'il fût, l'avare et le méchant
Pullulent sur la terre ; et lui, voyait sans cesse
De maigres doigts nouveaux à ses mains s'accrochant.

Comprenant que pour un à qui l'on fait largesse
Mille souffrent, vers toi les bras en vain dressés,
Généreux, il faisait l'aumône avec tristesse.

— Ils ont l'amour, les fils de ceux que j'ai chassés !
Et la femme a des yeux où j'ai mis ma lumière.
Pour aimer le Très-Bon, qu'ils s'aiment ! C'est assez !

— L'éclair brille parfois au fond d'une paupière ;
Et l'amour est vraiment le reflet de l'Éden !
A qui veut l'entrevoir un ange crie : Arrière !

Comme un ressouvenir du souriant jardin,
Il la chercha l'ivresse ineffablement pure.
Mais la beauté qui charme a le cruel dédain.

Il était beau. Toujours il vivait la torture
De ceux que la laideur a marqués en naissant
Pour servir à l'amour d'éternelle pâture.

Il aima. Sa douleur encore allait croissant.
Ce juste ayant un cœur que la justice affame,
Pleurait, à tous les maux des jaloux frémissant.

C'est le suprême don que l'amour d'une femme.
Mais tout cœur qui se donne est pour d'autres perdu,
Et seul en est joyeux l'égoïste ou l'infâme.

Il fut aimé. Mais lui, restait triste, mordu
Par tous les désespoirs que la beauté méprise,
Par le cri furieux de l'amour entendu.

Si grand qu'un bonheur soit, pour l'homme sans traîtrise,
S'il est fait du malheur d'un autre, n'est-ce pas
La coupe de poison que la main ivre a prise?

Et je riais de voir que toujours tu frappas
Follement chaque bien d'un mal irrémissible,
Et qu'il revomissait les plus puissants appâts.

Et je prenais toujours ce cœur simple pour cible.
J'élargissais encor la part de son bonheur,
Sans qu'un remercîment pour toi lui fût possible.

— Mon œuvre est bon, ainsi qu'il est, dit le Seigneur !
— Et les routes du ciel aux hommes sont fermées !
Je sais cela, reprit le sombre Raisonneur.

Tous les biens qu'ont rêvés les foules affamées,
Cet homme les connut. Il fut roi sur les rois
Qui se disent choisis par le Dieu des armées.

Le meurtre est le plaisir où tes fils sont adroits ;
C'est la gloire de ceux qui portent la couronne ;
Mais la sienne chargeait son front, si tu m'en crois.

O Créateur d'Adam ! ton œuvre t'environne.
De tous les héritiers du couple rejeté,
Plus que ce roi qui donc encor pleura ? Personne !

Léguant l'arrêt divin à leur postérité,
Tous ont gémi, les forts, les lâches, les victimes.
Nul n'a vécu plus pâle et plus épouvanté,

Que ce juste, par moi tiré des noirs abîmes
Pour être sur la terre entre tous revêtu
De l'effrayant frisson pris à toutes les cimes !

Le plus affreux supplice est l'extrême vertu.
Son grand sanglot déborde, et monte dans les âges
Vers Celui qui depuis l'œuvre accompli, s'est tu.

Écoute ce qu'il dit, le sage entre les sages :
« Tout n'est que vanité, cendre, fumée ou vent !
« Et rien ne sert, travaux, fortune, apprentissages !

« Tout passe et meurt, le fou, l'inepte et le savant !
« Il n'est rien de nouveau ; tout vient par aventure !
« L'état d'un mort vaut mieux que l'état d'un vivant !

« Toutes sortes de maux rongent les créatures,
« Et de tous la pensée est le pire tourment.
« Et l'amour est amer plus que les sépultures ! »

Voilà ton œuvre ! Il est risible assurément
De te voir pour cela convoquer tes phalanges
A t'appeler Très-Haut, Très-Fort et Très-Clément !

Dis leur donc à présent de chanter tes louanges !
— Mais celui dont le trône est au fond des sept cieux,
Ne répondit plus rien au corrupteur des anges ;

L'Invisible resta là-haut, silencieux !

RÉVEILS.

Un bruit d'instruments éloignés, qui passe
Comme un vol joyeux dans un soir d'été;
Un air d'autrefois, qu'on chante à voix basse,
Et qui sème au loin dans l'immensité
Les échos unis du cuivre et des cordes,
Messagers semant l'oubli des discordes.

Un soleil tardif qui glisse, éclairant
Un château construit de pierre et de brique
Et qu'encadre un ciel d'azur transparent;
A travers les fûts d'un parc historique,
Un air où revit un long souvenir
Comme un long espoir qu'on ne peut bannir!

Sur tous les buissons, des fleurs de lumières,
Comme les bijoux des riches coffrets

Où l'on enferma ses amours premières;
Un flot délivré de parfums secrets
Qui vante en passant la gloire des chaînes,
Sur l'air triomphal des amours lointaines!

Un soir embaumé de réveils mêlés,
De réveils chanteurs dont brillent les ailes,
Vers l'étoile unique, ô mon âme, allez!
Faite aussi de sons, d'odeurs, d'étincelles,
Un soir, avec l'air qu'à vingt ans j'aimais,
Vers l'étoile immense, allez, à jamais!

LES VICTIMES.

O femmes ! ce portrait qui de loin vous fascine,
De près darde sur vous sa pensée assassine ;
Et savourant la gloire et l'effroi d'un tel nom,
Rêvant de sérénade et d'échelle au balcon,
Vierges courant au piége, oublieuses épouses,
Comme un vol éperdu de colombes jalouses,
Toutes vous gémirez, femmes ! à votre tour,
Pâles, jusqu'à la mort, d'un impossible amour !
Toutes, vous laisserez dans ce fatal musée
L'inutile parfum de votre âme brisée ;
L'épouse emportera le tourment du devoir,
Et la vierge un soupir éternel, pour avoir
Contemplé ce visage aux yeux trempés d'un philtre
Qui dans tout cœur de femme, en le brûlant, s'infiltre !
Toutes, vous aimerez l'image de celui
Qui sait, comme autrefois, sur la toile aujourd'hui

Sourire, fier et doux, impitoyable et triste,
Pour conquérir vos cœurs, et pour grossir sa liste !
Il vous parle, il vous aime, il vous trahit aussi,
Car l'art immortalise un pouvoir sans merci !
Et comme au seul éclat d'un grand nom, dit l'histoire,
Le cadavre du Cid remportait la victoire,
S'il s'est fait peindre, un jour, le hardi cavalier
Que le dur Commandeur n'a pas fait sourciller,
O femmes ! c'est afin que vous parlant d'abîmes,
Le portrait de don Juan fît encor des victimes !

L'ARMISTICE.

A M. A. VACQUERIE.

Février 1871.

Quelle nuit, ô mon âme! et quel silence! Écoute!
La diane héroïque hier encor battait!
Voilà donc la rançon que le pain blanc nous coûte!
    Contemple Paris qui se tait!

Superbe, aux longs échos de ses vingt citadelles,
Hier encor, Paris, debout sur ses remparts,
    Caressait des canons fidèles.
O stupeur, qu'après eux laissent les grands départs!

Le camp sublime, hier plein de veuves sans larmes
    Se roidissant dans sa fierté,

Il se tait, noir désert plein de soldats sans armes,
Prison morne, sur qui pèse un rêve hébété!

O nuit, faite pour les fantômes!
Ressuscite les vieux Français! Ah! cache-nous,
Nous vers qui rayonnaient ces flèches et ces dômes,
Nous les vivants muets de Paris à genoux!

O nuit! qui donc s'en va? Qui nous quitte? — O silence!
Qui donc râle? Qui donc est mort?
Liberté, gloire, orgueil du drapeau sur sa lance,
Qu'êtes-vous devenus aux rafales du nord?

Inextinguible amour! Aïeule! idolâtrie
Des morts fameux! O France! héritage sacré!
Berceau! Terre sainte! ô Patrie!
O Christ des nations par vingt Judas livré!

LES PAROLES DU VAINCU.

I.

Tu rêvais paix universelle !
Tu disais : « Qu'importe un ruisseau ?
Pourquoi le globe qu'on morcelle ?
La terre immense est mon berceau ! »
A présent, tu dis : « Hors la gaîne,
Le glaive à deux mains des aïeux !
Hors des cœurs, le sang furieux !
Et vous, autour de notre haine,
Rangez-vous, impassibles Dieux ! »

II

Ils tombèrent, enfin, ces braves !
Par blocs massifs aux trous béants.
Le soir vint grandir ces géants,
Ces vaincus effrayants et graves !
L'un surtout, son buste d'acier
Droit sur l'arçon, semblait attendre !
La nuit, on croit toujours l'entendre ;
Car la mort n'a point osé prendre
Son âme, à ce grand cuirassier !

III

Ceux de l'Argonne et de Valmy
Sont vêtus de pourpre éclatante.
Ils souriaient, fiers, dans l'attente,
Nous criant : Sus à l'ennemi !
Mais toujours passaient les Barbares !
Et les vieux sonneurs de fanfares
Criaient en vain : « Debout ! les Morts !
Redonnez-nous, ô dieux avares !
Du sang qui coule dans des corps ! »

IV

Dans les soleils couchants je vois
Des ruines au nom sonore,
Dont la gloire sur nous encore
Flambe, et croule, comme autrefois!
Dans les soleils fondants j'admire,
O Paris! les reines d'orgueil.
J'ouvre, éperdu, longtemps, mon œil.
Et je vais, criant, l'âme en deuil :
Ninive! Ecbatane! Palmyre!

V

Plus d'une fois, ta noble épée,
O Patrie! a, de son revers,
Quelque part, fait tomber leurs fers!
De ton sang fraternel trempée,
Plus d'une plaine était en fleur,
Où l'on riait de ton malheur!
Ah! pour que rien ne te flétrisse,
Toi, l'unique Libératrice,
Oublie aussi ; pardonnons-leur !

VI

Vous, enfants, conçus dans l'année
Aux ciels éclaboussés de sang!
Fils des veuves au lait puissant!
O vous, dont l'âme est condamnée
A rêver de meurtre en naissant!
Irritez nos soifs éphémères!
Répétez-nous les cris perdus
Que dans le ventre de vos mères
Vous jetaient les mourants vaincus!

———

VII

Un long fantôme avec la nuit
Revient, angoisse inévitable!
Un spectre illustre, à chaque table,
S'assied muet. Son sang reluit!
Un grand linceul, au coin des bornes,
Barre la route au citoyen!
Dans chaque rue un être ancien,
L'aïeule auguste, aux grands yeux mornes,
Nous suit dans l'ombre, et ne dit rien!

———

VIII

Qu'ils sont gras, les corbeaux, mon frère !
Les corbeaux de notre pays !
Ah ! la chair des héros trahis
Alourdit leur vol funéraire !
Quand ils regagnent, vers le soir,
Leurs bois déserts, hantés des goules,
Frère, aux clochers on peut les voir,
Claquant du bec, par bandes soûles,
Flotter comme un lourd drapeau noir !

IX

Dévore la honte et l'outrage !
Ne dis plus, toi, le fils des preux :
« Ces renards étaient trop nombreux. »
Tais-toi ! Couve en ton cœur ta rage !
Attends ! prépare, un jour, pour eux,
Sans répit, l'heure expiatoire.
Laisse-les nous voler l'histoire,
Ces porteurs d'étendards affreux
Déshonorés par la victoire !

X

Sous la lune au sanglant brouillard
Court la nature ensorcelée.
— Tu regardes dans la vallée;
Que vois-tu? dis-le-nous, vieillard!
— Le vétéran dit : « Je regarde
Ces peupliers rangés là-bas!
Je crois revoir la vieille garde,
Haute et droite, avec la cocarde,
Courant au nord, pour les combats! »

XI

Battez le fer, ô forgerons!
Pour y pendre un jour leurs entrailles!
Fondez le plomb pour les mitrailles,
Quand, un jour, nous les chasserons!
L'odeur des morts emplit la brume.
Dans la plaine et sur le coteau
Que l'espoir, feu sacré, s'allume!
Que la vengeance soit l'enclume,
Et la haine, le dur marteau!

XII

Car là-bas, en riant de nous,
Ils font sonner leur lourdes crosses;
Car là-bas, sous leurs mains atroces,
Ils ont mis nos sœurs à genoüx!
Ah! l'honneur est un mort rebelle
Qui dort trop mal pour rester coi!
Il n'attend pas qu'un Dieu l'appelle.
N'entends-tu rien, mon frère, en toi,
Qui hurle : « Allons! réveille-moi! »

XIII

Le vent qui passe nous apporte
Un bruit de fifre et de tambour.
Il ne nous parle plus d'amour,
Le vent qui souffle à notre porte!
Le vent qui chante vient du Rhin
Où rit et boit le Hun rapace!
Il poursuit en mer le marin,
Sous le ciel clair, ou sous le grain,
Le rire affreux du vent qui passe!

XIV

Dans les aurores, les vois-tu,
Montrant, l'une, sa noire flèche,
L'autre, ses murs toujours sans brèche,
Nos deux sœurs, ivres de vertu?
Les vois-tu sortir dans l'aurore
Des bras dénoués du Germain,
L'une, allongeant sa maigre main,
L'autre, vierge farouche encore,
Nos sœurs, après l'horrible hymen?

MARCHE FUNÈBRE.

CHŒUR DES DERNIERS HOMMES.

Les temps sont accomplis des vieilles prophéties !
Ils sont venus les jours d'universelle horreur.
Les ombres du néant, d'heure en heure épaissies,
S'allongent sur nos fronts écrasés de terreur.

Ils sont venus les jours d'agonie et de râle.
A l'orient jamais plus de matins nouveaux !
Comme du bronze noir qui ferme les caveaux,
Résonne du sol dur la clameur sépulcrale.

Les ténèbres sur nous amassent leurs replis.
Au ciel rien désormais qui regarde ou réponde !
Derniers fils de Caïn, les temps sont accomplis.
Pour toujours cette fois la mort est dans le monde.

Sous les astres éteints, sous le morne soleil,
La nuit funèbre étend ses suaires immenses.
Le sein froid de la terre a gardé les semences.
Son heure vient, d'entrer dans l'éternel sommeil.

Les derniers dieux sont morts; avec eux la prière.
Nous avons renié nos pères et leurs lois.
Nul espoir ne reluit devant nous; et derrière,
Ils ne renaîtront plus les rêves d'autrefois.

Sur l'univers entier la mort ouvre son aile
Lugubre. Sous nos pas la terre sonne creux.
N'y cherchons plus le pain des jours aventureux.
Dans nos veines la séve est morte comme en elle.

Hommes! contemplons-nous dans toutes nos laideurs.
O rayons qui brilliez aux yeux clairs des ancêtres !
Nos yeux ternes, chargés d'ennuis et de lourdeurs,
Se tournent hébétés des choses vers les êtres.

Spectre charmant, amour, qui consolais du ciel,
Amour, toi qu'ont chanté les aïeux incrédules,
Nul de nous ne t'a vu dans nos froids crépuscules.
Meurs, vieux spectre gonflé d'amertume et de fiel.

Notre œil n'a plus de pleurs; plus de sang notre artère.
Nos rires ont bavé sur ton triste flambeau.
Si jamais tu fis battre un cœur d'homme sur terre,
Amour, notre âme vide est ton hideux tombeau.

17

Le repentir est mort dans nos églises sourdes.
Après l'amour est morte aussi la volupté.
Nul espoir devant nous; au ciel nulle clarté.
Rions affreusement dans les ténèbres lourdes.

L'ancien orgueil n'est plus, ô peuples endormis!
Qui flamboyait encor sur votre front naguère.
L'orgueil a terrassé les dieux, ses ennemis;
Il est mort de sa gloire en regrettant la guerre.

Aux dernières lueurs de nos feux, en troupeau,
Mêlés au vil bétail que courbe l'épouvante,
Attendons les yeux bas; n'ayant plus de vivante
En nous, que la terreur qui court sous notre peau.

Quelqu'un sent-il vers l'or frémir ses doigts inertes,
Et le honteux prurit crisper encor sa chair?
Non, tout désir s'éteint dans nos âmes désertes.
Plus rien qui dans nos yeux allume un seul éclair.

Soif du sang fraternel, fièvre chaude du crime,
Vous attestiez la vie au moins par le combat.
Le mal qui vous leurrait de son sinistre appât,
De deux vertus peut-être ennoblissait l'abîme.

Force et courage en nous sont morts avec le mal.
Les vices n'ont plus rien en nos cœurs qui fermente.
Sur l'esprit avili triomphe l'animal,
Qui vers un inconnu terrible se lamente.

Qui d'entre nous jamais t'a pris pour guide, honneur,
Et senti ton levain soulever sa colère?
Il gît sous nos débris ton dogme tutélaire.
Tu dors depuis longtemps, fantôme raisonneur.

Sur les cercueils fermés plus un seul glas qui sonne.
Dans l'insondable oubli sombrent les noms fameux.
Qui de nous s'en souvient? Qui les pleure? Personne.
O gloire! nul de nous en toi n'a cru comme eux.

Soleil, qui mûrissais beauté, forme et jeunesse,
Faisais chanter les bois et rire les remords,
Nous n'avons, nous, connu, soleil des siècles morts,
Que ta sombre lueur et ta triste caresse.

Une mer de dégoûts, femmes, remonte en vous,
Devant l'abjection cynique de nos faces.
Quand nous avons cherché vos yeux, nous avons tous
Abhorré le désir dompteur des jeunes races.

La haine est morte. Seul a survécu l'ennui,
L'épouvantable ennui de nos laideurs jumelles,
Qui tarit pour toujours le lait dans vos mamelles,
Et nous roule au néant, moins noir encor que lui.

Et toi, dont la beauté ravissait les aurores,
Fille de la lumière, amante des grandeurs,
Dont les hautes forêts vibraient, manteaux sonores,
Et parfumaient le ciel de leurs vertes splendeurs;

Terre, qui meurs aussi, dans la nuit qui nous lie,
Comme un crâne vidé, nue, horrible et sans voix,
Retourne à ton soleil ! une seconde fois,
S'il brûle encor, renais à sa flamme pâlie !

Mais au globe vermeil heurtant ton globe impur,
Puisses-tu revomir nos os sanglants, ô terre !
Dans le vide où ne germe aucun monde futur,
Tous à jamais lancés par le même cratère !

TABLE

	Pages.
Prologue.	1
La Vision d'Eve.	3
Le Portrait.	9
Crépuscule.	10
Morituri.	13
Après le bain.	14
Salvator Rosa.	16
Le Camée.	18
Sur le Christ de Van-Dick.	20
La Courtisane.	22
L'Indestructible.	24
Le Balcon.	27
Le Choc.	29
La Halte.	31
Le Blasphème.	35
Le Roc d'aimant.	38
Soir d'été.	42
L'Enclume.	44

	Pages.
Souré-Ha.	46
L'Ensevelie.	68
La Rencontre.	70
La Soif.	72
La Poursuite.	74
Soleil couchant.	76
L'Œil.	83
Adieu.	85
Chanson.	86
L'Image.	87
Sur la plage.	89
La Prison.	91
Révolte.	92
La Mort coquette.	93
Le Baptême.	94
Lazare.	97
L'Invisible lien.	100
Le Remous.	102
Les Rhythmes.	104
Les Écussons.	107
Impéria.	109
Ce soir.	112
Obsession.	114
La Révélation de Jubal.	117
Trop loin.	130
Les Filaos.	132
La Nuit de juin.	135
Dolorosa mater.	138
Le Gouffre.	142
L'Orgueil.	144
Soir d'octobre.	146
Journée d'hiver.	149
Stella Vespera.	150
Le Rêve de la mort.	167
La Prière d'Adam.	176
Le Rendez-vous.	178

	Pages.
Le Mancenillier.	183
La Chanson de Mahall.	185
Les Yeux de Nyssia.	194
Le Semeur.	199
Jamais.	201
Le Vieux solitaire.	210
Hemrick, le veuf.	212
In extremis	230
L'Exemple.	233
L'Épreuve.	235
Réveils	242
Les Victimes.	244
L'Armistice.	246
Les Paroles du vaincu	248
Marche funèbre	256

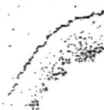

IMPRIMÉ PAR J. CLAYE

POUR

A. LEMERRE LIBRAIRE

A PARIS